夜《よ》駆《が》け

八丁堀剣客同心

鳥羽 亮

時代小説文庫

角川春樹事務所

目次

夜駆け

八丁堀剣客同心

第一章　黒鴨《くろがも》

1

深川、佐賀町の大川端。仙台堀にかかる上ノ橋のたもと近くに、縄暖簾《なわのれん》を出した小《こ》体《てい》な飲み屋があった。軒下につるした赤提灯《あかちょうちん》がぼんやりと明らみ、川風に揺れている。古ぼけた赤提灯には「さけ、かめや」と無造作に書かれていた。かめやという名の店らしい。

町木戸のしまる四ツ（午後十時）を過ぎていた。まだ、店には客がいるらしく、ときおり男の濁声《だみごえ》や哄笑《こうしょう》が戸口から洩《も》れてきた。ただ、何人もの声ではない。客はひとりか、ふたりのようだ。長《なが》っ尻《ちり》の客が居残っているのであろう。

すこし風があったが、よく晴れていて、上空に十六夜《いざよい》の月が皓々《こうこう》とかがやいていた。大川の川面《かわも》が月光を映じて淡い青磁色にひかり、無数の起伏を刻みながら永代橋の彼方《かなた》の江戸湊《みなと》までつづき、深い闇《やみ》と一体になった海原のなかに呑《の》み込まれている。日中は、猪牙舟《ちょきぶね》、屋根船、荷を積んだ茶船などが、頻繁に行き交っているのだが、いまは船影もなく風だけがひゅうひゅうと物悲しい音をたてて川面を吹き抜けていた。

そのとき、かめやの引き戸があき、男がふたり戸口に姿をあらわした。ふたりとも、黒の印半纏《しるしばんてん》に股引《ももひき》姿だった。大工か屋根葺《ふ》き職人のような格好である。ふたりの男は、だいぶ飲んだとみえ、顔が熟柿《じゆくし》のようだった。足も、ふらついている。

ふたりの男の後ろから、初老の男が出てきた。顔が浅黒く、頭頂に白髪《しらが》まじりの髷《まげ》がちょこんと載っている。男は前だれをかけ、肩に汚れた手ぬぐいをひっかけていた。店の親爺《おやじ》かもしれない。

「とっつァん、また、来るぜ」

客の大柄な男が、親爺に声をかけた。

「川に嵌《は》まんねえように、気をつけて帰《けえ》んなよ」

親爺がしゃがれ声で言うと、
もうひとりの面長《おもなが》で、顎《あご》のとがった男が、

「なに、このくれえの酒で、酔やァしねえよ」

そう言って、ふらつきながら戸口から離れた。

大柄な客も、面長の男の後について戸口から通りに出た。ふたりは、ふらつきながら大川端の道を川下にむかって歩いていく。

ふたりの姿が夜陰に溶けるように消えると、親爺がつぶやいて、戸口にぶら下がっている提灯のそばに近寄った。火を消そうとしたのである。

「今夜は、おしめえだな」

親爺が提灯を手にとったとき、川岸沿いの柳の樹陰から人影が通りに出てきた。ふたり。ひとりは牢人体《ろうにんてい》だった。総髪で面長、鼻梁《びりょう》が高く、細い目をしていた。小袖《こそで》に袴《はかま》姿で黒鞘《くろざや》の大刀を一本、落とし差しにしている。

もうひとりは町人体だった。手ぬぐいで頰《ほ》っかむりしている。男は棒縞《ぼうじま》の小袖を裾《すそ》高《だか》に尻《しり》っ端《ぱしょ》折りしていた。両脛が夜陰のなかに白く浮き上がったように見えている。

ふたりの男は、足早にかめやに近付いてきた。

親爺はふたりの男に気付かなかった。大川の流れの音で、ふたりの足音が聞こえなかったのだ。

親爺は提灯の火を消し、店先の縄暖簾をはずして店に入った。店のなかでは、親爺の女房が飯台の上の小鉢や銚子《ちょうし》などを片付けていた。四十がらみであろうか、樽《たる》のようにでっぷり太り、大きな尻をしていた。女房はふたりの客が飯台で飲んだ後片付けをしていたのである。

そこへ、戸口からふたりの男が入ってきた。

「親爺、一杯もらえるか」

町人体の男が低い声で言った。

店の隅に置かれた裸蠟燭《はだかろうそく》の火が、ふたりの男の横顔を照らしていた。親爺にむけられたふたりの男の目が蠟燭の火を映して、熾火《おきび》のようにひかっている。

「今夜は、店仕舞いしやして……」

親爺が困ったような顔をした。板場に、肴《さかな》になるような物は残っていなかったのだ。

「店にいるのは、ふたりだけか」

牢人が、親爺と店の隅に立っている女房に目をむけて訊《き》いた。

「へい、あっしと女房だけで」

「それはいい」

牢人の口元に薄笑いが浮いた。

いきなり、牢人がわずかに腰を沈め、右手で刀の柄《つか》を握り、左手を刀の鍔元《つばもと》に添えて鯉口《こいぐち》を切った。居合《いあい》の抜刀体勢である。

「………」

親爺は怪訝《けげん》な表情を浮かべたが、すぐに顔が引き攣《つ》ったようにゆがんだ。牢人の身構えが居合の抜刀体勢であることは分からなかったが、牢人のはなつ異様な殺気を感じとったのである。

すると、町人がすばやい動きで土間に置かれた飯台の間から女房に近付いた。女房は何が起ころうとしているか分からず、驚いたような顔をしてつっ立っている。町人は右手を懐《ふところ》に突っ込んでいた。呑んでいる匕首《あいくち》をつかんでいるらしい。

「た、助けて！」

親爺が悲鳴のような声を上げて反転しようとした。

そのとき、牢人は一歩踏み込みざま抜刀した。

シャッ、と刀身の鞘走《さやばし》る音がし、赤みを帯びた閃光《せんこう》が夜陰を切り裂いた。刀身が蠟燭のひかりを反射《はね》たのである。

迅《はや》い！

居合の抜きつけの一刀だった。一瞬、親爺の目に躍動する牢人の体が映っただけで、手の動きも体捌《たいさば》きも見えなかった。

次の瞬間、ビュッ、と親爺の首筋から血が飛んだ。牢人の切っ先が、親爺の首筋をとらえたのである。

親爺は身をのけぞらせ、血を撒《ま》き散らしながらよろめいた。その拍子に、太腿《ふともも》が飯台に突き当たり、箸立《はしたて》が倒れて箸が土間に散らばり、ガシャガシャと音をたてた。さらに、腰掛け代わりの空き樽が倒れて土間に転がり、親爺は転がった空き樽に足をとられて土間に転倒した。

四つん這《ば》いになった親爺は、首をもたげてもがくように手足を動かしたが、すぐに体から力が抜けて土間につっ伏してしまった。首筋から噴出した血が音をたてて流れ落ち、赤い布をひろげるように土間を染めていく。

ヒイイッ！

土間の隅にいた女房が、喉《のど》を裂くような悲鳴を上げて後じさった。顔が押し潰《つぶ》されたようにゆがんでいる。

「てめえも、あの世へ行きな」

言いざま、町人が手にした匕首で、女房の喉を横に斬《き》り裂いた。

一瞬、女房が目尻が裂けるほど目を瞠《みひら》いた。次の瞬間、喉元から血が勢いよく噴き出した。見る間に、女房の首から胸にかけて赤く染まっていく。

よろっ、と女房がよろけ、後ろの粗壁に尻が当たった。女房は、そのままズルズルと背中を粗壁に擦《こす》らせて土間に尻餅《しりもち》をついた。

女房は尻餅をついたまま口をあけて何か言おうとしたが、声が出なかった。女房は瞠目《どうもく》し、口をあんぐりあけたまま動かなくなった。瞠いた両眼が、薄闇のなかで白く浮き上がったように見えている。

「ヘッ、目玉をひん剝《む》いたまま死んじまったぜ」

町人が、薄笑いを浮かべながら言った。

「長居は無用だ」

牢人がきびすを返して戸口へむかった。

つづいて、町人も店の外に走り出た。

ふたりがいなくなった店のなかには血の濃臭がただよい、土間の隅に置かれた蠟燭の火が、親爺と女房の姿をぼんやりと照らし出している。

2

「天野《あまの》の旦那《だんな》、あそこのようですぜ」

小者《こもの》の与之助《よのすけ》が大川端の通りを指差した。

南町奉行所定廻《じょうまわ》り同心の天野玄次郎《げんじろう》は、今朝奉行所に出仕するために八丁堀の組屋敷を出ようとすると、与之助が駆け込んで来て、

「天野の旦那、殺しですぜ」

と、荒い息を吐きながら言った。

「場所は？」

「川向こうの佐賀町でさァ」

与之助が口早にしゃべったことによると、天野の屋敷に来る途中、通りかかったぼてふりに話を聞いたそうだ。天野の屋敷に来るのが、すこし遅れたのは、ぼてふりから話を聞いていたためらしい。

「それで、場所が分かるのか」

深川、佐賀町というだけでは、場所が分からない。佐賀町は大川沿いにひろくつづいている。

「へい、ですが、上ノ橋の近くだと言ってやしたから、すぐに分かりまさァ。それに、旦那、ふたりも殺られてるそうですぜ」

与之助が戸口で足踏みしながら言った。

「よし、行こう」

天野は、出仕の前に現場を見ておこうと思った。

そんなやりとりがあって、天野は与之助を連れて佐賀町の大川端へ来ていたのである。

　そこは、仙台堀にかかる上ノ橋のたもと近くだった。小体な店の前に、人だかりがしていた。軒先に赤提灯がぶら下がっているので、飲み屋かもしれない。集まっているのは通りがかりの者や近所の住人らしかったが、岡っ引きらしい男の姿もあった。

　店先の人だかりのそばまで来ると、

「前をあけろ！　お調べだ」

と、与之助が声を上げた。

　集まっていた野次馬たちのなかから、「八丁堀の旦那だ」「南町奉行所《みなみ》の天野さまだぞ」などという声が聞こえ、人垣が左右に割れた。天野のことを知っている岡っ引きや下っ引きが、声をかけたらしい。それに、天野は黄八丈《きはちじょう》の小袖を着流し、三つ紋の黒羽織の裾を帯にはさむ巻き羽織と呼ばれる八丁堀同心独特の格好をしていたので、すぐにそれと知れたのである。

　戸口の引き戸があいていた。なかは薄暗かったが、何人もの人影があった。

　天野は与之助を連れて店に入った。なかは狭く、土間に飯台がふたつと腰掛け代わりの空き樽が並んでいるだけだった。その土間に、十人ほどの男がいた。岡っ引きと下っ引きたちである。

天野の顔見知りが何人もいた。深川、本所、それに日本橋界隈《かいわい》を縄張《しま》にしている岡っ引きたちが来ているようだ。

飯台の脇《わき》にいた岡っ引きの繁吉《しげきち》が、

「天野の旦那、ここへ来てくだせえ」

と、声をかけた。

繁吉は南町奉行所の隠密《おんみつ》廻り同心、長月隼人《ながつきはやと》から手札をもらっている男で、ふだんは深川今川町にある船宿の船頭をしていた。今川町は仙台堀沿いにひろがっていて、佐賀町の隣町だった。この辺りは、繁吉の縄張である。

長月の姿がないのは、隠密廻り同心だからである。隠密廻りは、定廻り同心とちがい、奉行に直属し、その命《めい》を受けて隠密裡《り》に探索にあたっている。秘密探偵のような存在と思えばいいだろうか。

繁吉の足元に男がひとり、俯《うつぶ》せに倒れていた。初老であろうか。白髪まじりの鬢が、横にかたむいている。出血が激しかったとみえ、土間はどす黒い血に染まっていた。近くに空き樽が転がり、土間に箸が散らばっていた。空き樽や箸にも血の色がある。

天野は倒れている男の脇に屈《かが》み、検屍《けんし》を始めた。

「首か！」

男の首筋に傷があり、首から肩にかけて血にまみれていた。

……刀のようだ。

と、天野は思った。傷口を見ると、喉元から耳の下にかけて斜《はす》に斬り裂かれていた。下手人は鋭利な刃物で斜に斬り上げたらしい。

刀なら、武士ということになるが、傷を見ただけでは断定できなかった。長脇差や匕首《どす》でも同じような傷が付くのではあるまいか。ただ、武士であれ町人であれ、下手人は腕の立つ者であることが知れた。首筋を狙《ねら》い、一撃で仕留めていたからである。

「この男の名は？」

天野が顔を上げて、繁吉に訊いた。

「寅五郎《とらごろう》でさァ」

繁吉によると、寅五郎はこの店の親爺だという。店の名はかめやで、女房と二人だけでやっていたそうだ。

「入ったのは、昨夜のようだが、盗人《ぬすっと》とは思えんな。……この店に入っても、たいした金になるまい」

押し入って、人を殺してまで奪うほどの銭はなかったはずだ。押し込みでないとすれば、恨みか喧嘩《けんか》か——。寅五郎の歳《とし》からして、痴情による殺しは考えづらかった。

「旦那、寅五郎ですがね」

繁吉が小声で言い、天野に身を寄せた。

「数年前まで、御用聞きをしてたんでさァ」

「なに、お上《かみ》の手先だったのか」

天野は、寅五郎という岡っ引きの名を聞いた覚えはなかった。もっとも、数年前にやめたということなので、名は聞いたが忘れてしまったのかもしれない。

「へい。寅五郎は、歳をとってお上のお役にたてないと思ったらしく、足を洗って女房とここで飲み屋を始めたんで」

「うむ……」

岡っ引きだったとすれば、寅五郎がかかわった事件で恨みを買い、いまになって殺されたと考えられないことはない。

「繁吉、寅五郎を恨んでいる男はいなかったか」

「そこまでは、分かりませんや」

繁吉が首をひねった。

「そうか。……ところで、もうひとり殺されたそうだな」

天野は与之助からふたり殺されていると聞いていたのだ。

「もうひとりは、土間の隅にいやす」

繁吉が指差した。

見ると、土間の隅の粗壁のそばに、数人の男が集まっていた。岡っ引きと下っ引きたちである。

天野は土間の隅に近寄った。与之助と繁吉も後ろについてきた。

「女か」

太った女が粗壁に背をあずけ、尻餅をついていた。凄惨《せいさん》な死顔だった。虚空《こくう》を睨《にら》むように目を瞠き、口をあんぐりあけたまま死んでいた。顎から胸にかけてどす黒い血に染まっている。

「この女も首か」

寅五郎と同じように、女も首を刃物で斬られたようだ。

ただ、寅五郎とは斬られた場所がちがっていた。喉を横に斬られている。下手人は女の正面に近付き、刃物を真横にふるったらしい。

「寅五郎の女房のおかつでさァ」

繁吉が小声で言った。

「女房まで手にかけたのか」

天野は、強い怒りを覚えた。殺しの動機は分からないが、女房は巻き添えを食って殺されたような気がしたのだ。

天野は検屍を終えると、集まっていた岡っ引きたちを集め、近所をまわって聞き込むよう指示した。昨夜の殺しを見た者がいるかもしれないと思ったのである。

それから一刻《とき》（二時間）ほどして、永吉《えいきち》という老練の岡っ引きが、下手人がふたりであることをつかんできた。

「昨夜遅く、夜鷹《よたか》そばの親爺が、店から飛び出していくふたりを見たようです」

永吉によると、親爺が上ノ橋を渡っているとき、かめやから出てきたふたりを目にしたという。すでに、かめやの軒下の赤提灯の火は消えていたし、ふたりが慌てた様子で店から出てきたので、客ではないと思ったそうだ。

月明りに浮かび上がった姿から、ひとりは牢人体でひとりは町人らしいことが分かった。ふたりの男は店から小走りに出てくると、永代橋の方へむかったという。

「牢人と町人か」

天野は、そのふたりが下手人だろうと思った。

3

朝だというのに、妙に薄暗い日だった。厚い雲が空をおおっているせいらしい。それに、風もあった。庭の植木の枝葉を揺らしている。

「降ってきそうだな」

隼人が言った。

「いえ、きっと晴れてきますよ。……西の空の晴れ間がひろがってきましたからね」

髪結いの登太《とうた》が、鬢《びん》に櫛《くし》を使いながら言った。

登太は回り髪結いで家々をまわって歩くことから、天気の変化には敏感で雲の様子や風向きなどから空模様を予想するが、結構言い当てるのだ。

隼人は、奉行所に出仕前、組屋敷の縁先で登太に髪を結い直してもらうのが朝の日課であった。

「旦那、佐賀町で、ふたりも殺されたそうですね」

登太が櫛で隼人の鬢をととのえながら言った。そろそろ、髪結いも終るようだ。

「そのようだな」

隼人は天野から話を聞いていたが、くわしいことは知らなかった。とりあえず、探索にあたるつもりはなかったので、深く聞かなかったのだ。

「飲み屋の夫婦を斬り殺したそうですが、下手人は分かったんですかね」

そう言って、登太は隼人の肩にかけてあった手ぬぐいをとった。これで、髪結いは終りである。

「まだ、分からないようだ」

隼人は他人《ひと》ごとのように言うと、両腕を突き上げて大きく伸びをした。

登太はそれ以上事件のことは訊かず、髪結い道具を片付け始めた。

そのとき、畳を踏む音がして障子《しようじ》があいた。姿を見せたのは、おたえである。

「旦那さま、そろそろお着替えをなさりませ」

おたえの物言いは丁寧《ていねい》で、甘えるようなひびきがあった。

着替えといっても、帯を締め直し、羽織を羽織るだけある。

おたえは隼人の妻だった。歳は二十一。長月家に嫁に来て三年経《た》つが、子供がいないせいか、まだ新妻らしさが残っていた。

「そうだな。着替えるか」

隼人はまだ小袖に角帯というくつろいだ格好だった。

町奉行所の同心の出仕は五ツ（午前八時）ごろと決まっていたが、隼人は出仕時刻はあまりこだわらなかった。それというのも、隼人は隠密廻り同心で、役目がら隠密裡に動くことが多かった。町奉行所に出仕せず、早朝から探索場所に出向くこともすくなくなかった。そのため、与力《よりき》や他の同心も隠密廻り同心の出仕については、こまかいことを言わなかったのである。

隼人が帯を締め直してから座敷にいるおたえの前に立つと、おたえは乱れ箱から取り出した黒羽織を手にして隼人の後ろにまわり、

「ねえ、旦那さま、今日は早く帰ってくださいね」

と、隼人の耳元でささやいた。

「何か、あったか」

隼人も小声だった。

「酒《ささ》を用意しときますから」

「酒か……。いいな」

隼人は黒羽織の裾を帯に挟みながら、おたえの方に首をまわし、「酒の後で、な」と声をひそめて言い、スルリとおたえの尻を撫《な》でた。

「まァ、旦那さま……」

ぽっ、とおたえの色白のふっくらした頰《ほお》が桜色に染まった。首筋まで、赤みをおびている。

「いやですよ」

おたえはそう言ったが、口元には笑みが浮き、隼人にむけられた目には濡《ぬ》れたようなかがやきがあった。

そのとき、障子の向こうで、コホッ、コホッ、と軽い咳《せき》の音が聞こえた。奥の座敷で臥《ふせ》っている母親のおつたである。おつたは、還暦にちかい歳だが、ちかごろ、腰が痛い、風邪ぎみだ、頭痛がする、などとたえず口にする。歳をとったせいで体も弱くなったのだろうが、隼人たち夫婦の気を引こうとする気もあるようだ。

昨日も、風邪をひいたらしい、と言って、早目に床に入ったのだが、たいしたことはないらしく、朝餉《あさげ》はいつもと変わりなく食べていた。

隼人はおたえからすこし身を離し、

「おたえ、そのうち、浅草寺《せんそうじ》にでもお参りに行かないか。母上もいっしょにな。帰りに、うまい物でも食ってこようではないか」

奥の間《ま》にいるおつたにも聞こえるような声で言った。

すると、おつたの咳がやんだ。隼人の声に耳をかたむけているのだろう。

「だが、母上は無理か。風邪ぎみでは出かけられんな」

隼人が残念そうに言った。

すると、奥の間で夜具を動かすような音がし、

「は、隼人、わたしは大丈夫だよ。風邪など、気の持ちようだからね」

と、おつたの声がした。

「そうですよ。母上、風邪など気の持ちようです。早く元気になってくださいよ、お参りに行けるように」

そう言い残し、隼人は座敷から出ていった。

おたえが、隼人の刀を持って慌てて跟《つ》いてきた。口元に笑みが浮いている。隼人とおつたのやり取りがおかしかったらしい。

「いってらっしゃいまし」

おたえは、框《かまち》のそばに腰を折り、三つ指をついた。長月家に嫁に来たときからそうしているのだ。

「では、いってまいる。何事もなければ、暮れ六ツ（午後六時）前にもどるからな」

隼人は、酒を頼むぞ、と小声で言って、刀を腰に帯びた。

そのときだった。戸口に走り寄る足音がした。引き戸があいて、顔を出したのは、岡っ引きの利助《りすけ》だった。利助は、隼人が使っている手先である。だいぶ、急いで来たと見え、顔が紅潮し、額《ひたい》に汗が浮いていた。

「どうした、利助」

「お、押し込みでさァ」

利助が声をつまらせて言った。利助は二十代半ば、まだ岡っ引きになったばかりで張り切っていた。

「待て、表で聞く」

框のそばにおたえが座していた。身を硬くして、隼人に目をむけている。

隼人はおたえに、

「案ずることはない。……留守を頼むぞ」

と、声をかけた。

「はい!」

おたえが背筋を伸ばし、顔をけわしくして答えた。

戸口には、小者の庄助《しょうすけ》が挟み箱を担いで待っていた。隼人が奉行所に出仕するおりに、庄助が供につくことになっていた。

隼人は戸口からすこし離れると、

「利助、押し込みぐれえで、おれは出張《でば》らねえぜ」

隼人が急に伝法《でんぼう》な物言いをした。町奉行所の探索にあたる同心は、無宿人や町のならず者などと接する機会が多く、どうしても物言いが乱暴になるのだ。

庄助は、戸口のそばに立ったままである。

「それが、店《たな》の者がふたりも殺《や》られてるんで」

利助が言った。

「定廻りの者が行ってるんじゃァねえのか」

こうした事件は、まず定廻り同心が臨場する。厄介《やっかい》な事件なら臨時廻りの同心もくわわるが、隠密廻り同心は奉行から指図《さしず》があってから動くのだ。

「へい、天野の旦那がいやして、長月の旦那をお呼びするように言われたんでさァ」

「早くそれを言え」

天野がそう言ったのなら、すぐに行かねばならない。

これまで、隼人は大きな事件にかかわると、天野とともに探索にあたることが多かったのだ。

「へ、へい」

「それで、場所は」

「本町の薬種問屋の黒沢屋《くろさわや》で」

日本橋本町は、売薬店や薬種問屋が多いことで知られていた。ただ、隼人は黒沢屋という薬種問屋は知らなかった。

「庄助、挟み箱は置いてこい」

押し込みに入られた店に行くのに、挟み箱はいらないと思ったのである。

「承知しやした」

庄助はすぐに裏手にまわって、挟み箱を置いてもどってきた。

「行くぞ」

三人は戸口から表通りに出ると、八丁堀同心の組屋敷のつづく道を日本橋の方へむかった。

4

日本橋を過ぎると、そこから大通りは中山道《なかせんどう》になる。そこは江戸でも有数の賑《にぎ》やかな通りで、大変な人出だった。店者《たなもの》、町娘、ぼてふり、供連れの武士、風呂敷包みを背負《しょ》った行商人、雲水《うんすい》……さまざまな身分の老若男女が行き交い、騎馬の武士、荷を運ぶ大八車、駕籠《かご》かきなどが頻繁に行き過ぎていく。通りの両側には、土蔵造りの大店が並び、たくさんの客が出入りしていた。

日本橋室町を過ぎると、本町である、本町三丁目に入って間もなく、隼人たちは右手の通りにおれた。そこも賑やかな通りで、道沿いには売薬屋や薬種問屋が並んでいた。

右手の通りへ入って三町ほど歩いたとき、

「旦那、あの店でさァ」

利助が言って、前方を指差した。

店先に人だかりがしていた。通りがかりの野次馬たちに混じって、町娘や御家人《ごけにん》ふうの武士の姿もあった。

黒沢屋は土蔵造りの二階建てだったが、それほど大きな店ではなかった。薬種問屋としては、中堅どころであろうか。

軒下の看板に「薬種、黒沢屋」と書いてあった。店は大戸がしめられ、脇の一枚だけがあいていた。そこから出入りするらしい。その戸口に、岡っ引きらしい男がふたり立っていた。野次馬を店に入れないようにしているらしい。

ひとりは、天野がちかごろ使うようになった伊之吉《いのきち》という岡っ引きだった。日本橋界隈を縄張りにしていると聞いていた。三十がらみ、丸顔で肌が浅黒く、目付きのするどい男である。

隼人が戸口の前まで来ると、伊之吉が、

「長月の旦那、入《へえ》ってくだせえ」

と言って、後ろへ下がった。

すぐに、隼人は戸口から土間へ入った。利助と庄助が跟《つ》いてきた。

店のなかは薄暗かったが、明り取りの窓があり、灯火が欲しいような暗さではなかった。薄暗い店内に薬種の匂《にお》いがただよっている。

店のなかには、十数人の男がいた。岡っ引きや下っ引き、店の奉公人らしい男、それに八丁堀同心がふたりいた。天野と横山安之助《よこやまやすのすけ》だった。横山も南町奉行所の定廻り同心である。

「長月さん、ここへ」

天野が手を上げた。

天野は土間の先の畳敷きの間にいた。そこが薬種の売り場になっているらしい。右手に薬種を入れる簞笥《たんす》が並び、正面には薬の入ったたくさんの紙袋が下がり、薬を調合する薬研《やげん》が置かれていた。

天野のまわりにいた男たちの顔がこわばっている。

「見てください、死骸《ほとけ》を」

天野が足元に視線を落として言った。

男が大の字に横たわっていた。凄惨な死顔だった。目を剝き、ひらいた口から前歯が覗《のぞ》いていた。五十がらみであろうか。瘦《や》せて、肉をえぐりとったように頰がこけている。

男は寝間着姿だった。襟《えり》がはだけ、裾がひらいていた。胸と両足があらわになっている。骨が透けて見えるほど色白の肌をしていた。

男は首を斬られていた。顎から胸にかけて、どす黒い血に染まっている。首の血管《ちくだ》を斬られたらしく、辺りは血の海だった。

「刀傷のようだな」

隼人が小声で言った。

死体は、喉の脇から盆《ぼん》の窪《くぼ》にかけて斜めに斬り上げられていた。隼人は、下手人が刀で逆袈裟《ぎやくげさ》に斬り上げた傷とみた。

隼人は、直心影流《じきしんかげりゆう》の遣《つか》い手《て》だった。傷口を見れば、刀で斬られたものかどうかみる目を持っていたのだ。

「やはりそうですか。実は、同じような傷をほかでも見ているのです」

天野が丁寧な物言いをした。

天野は隼人を尊敬していた。隼人の方が年上ということもあったが、これまでふたりで探索にあたった事件で、隼人の優れた探索ぶりを見ていたからである。それに、隼人の剣で、天野はこれまで何度も助けられたことがあったのだ。

「どこで見たのだ」

「深川の佐賀町です。飲み屋の夫婦が何者かに殺されたことは、長月さんに話しましたが、親爺の斬り口がこの傷とそっくりでした」

「天野、飲み屋の夫婦を殺した下手人は、牢人と町人らしいと言ったな」

隼人は、天野から下手人についても聞いていたのだ。

「はい」

「とすると、牢人がこの男を斬ったのかもしれんな」

「わたしも、そうみました」

「ところで、この男は奉公人か」

隼人が死体に視線をむけて訊いた。

「番頭の松蔵《まつぞう》です」

「もうひとり、殺されているそうだな」

隼人はふたりの検屍を終えてから、店の被害や下手人にかかわることを訊こうと思ったのだ。

「廊下です」

そう言って、天野が先に立った。

売り場の左手が帳場になっていた。帳場格子《ごうし》の脇に、奥へつづく廊下があった。そこにも、何人か集まっていた。岡っ引きと奉公人たちのようだ。

隼人と天野が近付くと、廊下にいた男たちが両脇に身を引いて道をあけた。

廊下のなかほどに男がひとり俯せに倒れていた。この男も寝間着姿だった。伏臥《ふくが》した男の胸の周辺に、どす黒い血がひろがっている。

「この男は、首を斬られたのではないな」

隼人が言った。男の首に傷はなかった。

「胸を刃物で刺されたようです」

見てみますか、と天野が言って、そばにいた岡っ引きに命じて、男を仰《あお》向《む》けにした。

「胸か」

男の胸に刃物で刺されたような傷があった。心ノ臓を刺されたのか、出血が激しく寝間着がどっぷりと血を吸っていた。

死体は二十代半ばと思われる色の浅黒い男だった。苦しそうに顔をゆがめたまま死んでいる。

「心ノ臓を一突きだ。……刀ではないかもしれない。傷口がひろがってないからな。正面から、匕首で突いたようにもみえる」

隼人はそう言ったが、武器《えもの》として何を遣ったかはっきりしなかった。ただ、下手人が遣い手であることは知れた。武器は何であれ、正面から心ノ臓を一突きにして仕留めたのである。

「この男は？」

隼人が訊いた。

「手代《てだい》の房次郎《ふさじろう》です」

天野は、すでにこの男のことも聞いているようだ。

「ところで、店のあるじは？」

「稲兵衛《とうべえ》です。稲兵衛一家は二階に寝ていて助かったようです」

「いまも、稲兵衛は二階にいるのか」

「はい」

「話を聞いてみるかな」

「わたしも、まだ話を聞いてないので、帳場に連れてきましょう。女房や子供の前では話しづらいでしょうから」

天野によると、稲兵衛には女房と五つになる娘、それに三つの倅《せがれ》がいるそうだ。家族四人は二階の奥の寝間で寝ていて助かったという。

5

稲兵衛は五十がらみ、大柄で太っていた。頰に肉が付き、ふっくらとしている。目が細く、目尻が垂れていた。恵比寿《えびす》を思わせるような福相の主《ぬし》である。その顔が、小刻みに震えていた。

「この店のあるじか」

隼人が訊いた。

「あ、あるじの、稲兵衛でございます」

稲兵衛が声を震わせて言った。

「とんだことになったな」

「は、はい……」

「まず、昨夜の様子から話してくれ」

「ぞ、賊が押し入ったのは、子《ね》ノ刻《こく》（午前零時）過ぎだったと思います。……店の表の方で、戸をあけるような音がし、それで目が覚めました」

稲兵衛は、戸をあける音で目を覚ました後、土間に踏み込んできたような複数の足音を聞いた。

……押し込みかもしれない！

そう思うと、稲兵衛は恐怖で頭のなかが真っ白になり、体が激しく顫《ふる》えだした。いっとき、ただ顫えているだけで布団から身を起こすこともできなかった。

ところが、脇で寝ている娘と倅の寝顔を目にすると、

……このふたりだけは、何としても助けねばならない。

と、思った。すると、体の顫えがとまったという。

稲兵衛は女房にも目をやった。女房は、眠っていた。階下の物音に気付かなかったようだ。

稲兵衛は音のしないように夜具から這い出し、そろそろと障子をあけて廊下に出ると、足音を忍ばせて階段のそばまで来た。

首を伸ばして階下を覗くと、売り場を照らしている明りが見えた。手燭《てしょく》ではないらしい。夜陰を丸く照らしている。

龕灯《がんどう》だった。龕灯は、銅やブリキなどで釣鐘形の外枠を作り、なかに蠟燭立てを付けたもので、懐中電灯のように一方だけを照らすことができる。

龕灯の明りのなかに、黒の筒袖に黒股引、黒布で頬っかむりしている男が映し出された。何人いるか知れなかったが、五、六人はいるように見えた。

……押し込みだ！

と、稲兵衛は察知すると、這ったまま寝間にもどった。

稲兵衛は、寝間にいたら殺される、と思った。賊は二階にも踏み込んできて、稲兵衛たちに気付けば、生かしておかないだろう。

寝間にもどった稲兵衛は、左手を女房のおとみの口に置き、そっと揺り動かした。

おとみは、呻《うめ》くような声を洩らして目を覚まし、目の前にある稲兵衛の顔を見て戸惑うような表情を浮かべたが、稲兵衛のただならぬ気配を察知して声を上げようとした。

「シッ、声を出すな」

慌てて、稲兵衛がおとみの口を押さえ、

「ぬ、盗人のようだ。……下にいる。……ふ、ふさと、松吉《まつきち》を隠すのだ」

声を殺し、必死の顔をして言った。

ふさが娘の名で、松吉が長男だった。

一瞬、おとみの顔が恐怖にひき攣《つ》り、体が顫えだした。体にかけた掻巻《かいまき》が揺れるように震えている。

「し、心配するな。納戸《なんど》に隠れれば、見つからない。起きて、ふさと松吉を納戸に隠すのだ。……さァ、早く」

稲兵衛が言うと、おとみは顫えながら身を起こした。

おとみの脇に寝ていたふさと松吉は、稲兵衛たちのやり取りにも目を覚まさずに眠っている。

稲兵衛が震える手で夜具を剝《は》いでふさを抱き、おとみが松吉を抱きかかえた。

ふさは、目を覚ました。稲兵衛に抱き上げられていることに気付くと、目を瞬《しばたた》かせながら、どうしたの、と眠そうな声で訊いた。何が起こったか分からないらしく、怯《おび》えた様子はまったくなかった。

「奥にな、場所を変えるだけだ。おとっつァんとおっかさんも、いっしょだから心配しなくていいんだよ」

稲兵衛の顔は恐怖でゆがんでいたが、声は優しかった。

「おっかさんも……」

ふさは、ちらっとおとみに目をやった。

おとみが松吉を抱いているのを見て安心したのか、ふさは稲兵衛に体をあずけたまま目をとじた。

稲兵衛たち四人は、二階の廊下の突き当たりにある納戸に入った。そこには、座布団などがしまってあり、すこし黴臭《かび》かった。

稲兵衛とおとみが、床に座布団を敷いてふたりの子を寝かせると、すぐに寝息をたて始めた。ちょうど、熟睡しているときで、よほど眠かったのだろう。

稲兵衛とおとみは納戸のなかで息をつめ、顫えながら夜が明けるのを待った。

「賊のひとりが、二階にも様子を見に来ましたが、寝間と居間を見ただけで一階にもどったようです」

稲兵衛が震えを帯びた声で、納戸の戸の隙間《すきま》から見ていたのです、と言い添えた。顔が蒼《あお》ざめていた。話しているうちに、昨夜の恐怖がよみがえってきたのかもしれない。

「そのとき、賊の姿を見たのだな」

隼人が、あらためて訊いた。

「は、はい、ですが、龕灯提灯に浮かび上がった姿をちらっと見ただけで、顔も見ていません」

「刀を差していたか」

「刀を差していた者もいたような気がしますが、はっきりしません。みんな、黒装束で、黒鴨《くろがも》のような身装《みなり》に見えました」

「黒鴨だと……」

黒鴨とは、紺や黒の無地の上着や股引などを着用している下男や供の者のことである。黒鴨仕立てといわれ、町医者の供は黒鴨が多かった。薬種問屋だけあって、医者の客も多いのだろう。それで、黒鴨を目にする機会があるにちがいない。

そのとき、天野の脇にいた永吉が、

「旦那、黒鴨一味かもしれやせんぜ」

と、目をひからせて言った。

「黒鴨一味だと！」

思わず、隼人の声が大きくなった。

天野も驚いたような顔をしている。

黒鴨一味とは、五年ほど前まで江戸市中を荒らしまわった盗賊一味だった。半年ほどの間に三軒の大店に押し入り、大金を奪っていた。

一味は七人、いずれも黒鴨仕立てにしていたことから、黒鴨一味とか黒鴨党と呼ばれて恐れられた。

町奉行所は何とか黒鴨一味を捕縛《ほばく》しようと懸命に探索をつづけたが、なかなか捕らえられなかった。

ところが、岡っ引きが遊び人の島造《しまぞう》という男の金遣いが荒いのに目をつけ、博奕《ばくち》の咎《とが》で捕らえ、拷問にかけると黒鴨一味であることを吐いた。島造の自白によって黒鴨一味の隠れ家が深川の冬木町にあると分かり、北町奉行所の捕方《とりかた》が奇襲した。隠れ家には、頭目《とうもく》の重兵衛《じゅうべえ》以下六人が身を隠していた。

重兵衛たちは長脇差や匕首を手にして、必死に抵抗した。一味の者たちは捕らえられれば、獄門晒首《さらしくび》はまぬがれられないと分かっていたからである。

六人は死に物狂いに抵抗した。そして、ふたりがその場から逃げ、追っ手を振り切って大川へ飛び込んだ。別のふたりはその場で息を引取り、重兵衛と茂助《もすけ》という男が捕らえられた。

大川へ飛び込んだふたりは、そのまま行方が知れなくなった。捕方は川沿いだけでなく舟を大川に出して探したが、ふたりを捕らえることはできなかった。

その後、重兵衛と茂助の吟味で、逃げたふたりの名が知れた。ひとりは、重兵衛の右腕の冬造《ふゆぞう》で、もうひとりは猪十《いじゅう》という鳶《とび》だった男である。また、捕物のおりに死んだふたりの名は、市助《いちすけ》と伸造《しんぞう》。捕らえられた重兵衛、茂助、島造の三人は、その後、市中引き回しの上、獄門晒首に処せられた。

「すると、逃げた冬造と猪十が仲間を集めて押し入ったというのか」

隼人が低い声で言った。

「あっしは、そんな気がしやすが」

「うむ……」

隼人は何とも言えなかった。それというのも、隼人自身は黒鴨一味の探索にあまりかかわっていなかったからだ。当時、隼人は奉行の指図で、別の凶悪事件を探っていたからである。

天野も隼人と同じだった。そのころ、天野は定廻り同心になったばかりということもあって、年配の同心の指示で動くことが多く、黒鴨一味の探索は傍《かたわ》らから見ていることが多かったのだ。

「店の奉公人からも訊いてみよう」

隼人は、黒鴨一味と決め付けるのは早いと思った。それに、まだ奉公人たちの話を聞いていなかったのだ。

6

その日、隼人はふたたび黒沢屋へ出向き、奉公人たちから話を聞いた後、奉行所にもどった。そして、同心詰所で茶を飲んでいると、戸口に中山次左衛門《なかやまじざえもん》が姿を見せた。中山は奉行に仕《つか》える家士である。奉行が、隼人に探索を命ずるとき中山が呼びに来ることが多かった。

このときの南町奉行は、筒井紀伊守政憲《つついきいのかみまさのり》であった。筒井は奉行所の裏手にある役宅に住んでいた。

中山は詰所に入って来ると、

「長月どの、お奉行がお呼びでござる」

と、いつものように慇懃《いんぎん》な口調で言った。

中山は長年筒井に仕え、すでに還暦を過ぎた老齢だった。鬢や髷は白く、肌には老人特有の肝斑《しみ》も浮いていたが、矍鑠《かくしゃく》として老いは感じさせなかった。

「これからで、ござるか」

「さよう。お奉行はお忙しい身であられる。ただちに、それがしと同行していただきたいが」

「承知しました」

すぐに、隼人は腰を上げた。

月番の奉行は四ツ（午前十時）までに登城し、奉行所にもどるのは、八ツ（午後二時）過ぎである。その後、白洲《しらす》に出て、咎人の吟味にあたらねばならない。おそらく、筒井は白洲に出る前に隼人に会うつもりなのだ。

中山は役宅の中庭に面した座敷に隼人を案内した。そこは、筒井が隼人に探索を命ずるとき、いつも使っている座敷である。

隼人が座敷に座して間もなく、廊下をせわしそうに歩く足音がして障子があいた。姿を見せたのは、筒井である。筒井は小紋の小袖に角帯姿だった。下城後に、着替えたのであろう。

筒井は隼人と対座すると、挨拶はよいぞ、と言って、時宜の挨拶を述べようとした隼人を制した後、

「すぐに、白洲へ出ねばならぬのでな」

そう言って、隼人に目をむけた。

筒井はおだやかな顔をしていたが、隼人にむけられた細い目には能吏らしいひかりが宿っていた。座した姿には、壮年らしい落ち着きと町奉行としての威厳がただよっていた。

「板東《ばんどう》から耳にしたのだが、本町の薬種問屋に盗賊が押し入り、奉公人がふたりも斬

り殺されたそうだな」

さっそく、筒井が切り出した。

板東繁太郎《しげたろう》は筒井の内与力だった。内与力は、他の町奉行所の与力とちがって、奉行の家士のなかから任じられ、奉行の私設秘書のような役目をしていた。

「はい」

やはり、そのことか、と隼人は思った。

隼人は黒沢屋へ行き天野とともに現場を見た後、さらに三日後の今日、黒沢屋へ出向いて奉公人から事情を訊いていた。その聞き込みで、盗賊一味が七人であることが知れた。

賊が押し込んだときに、丁稚《でっち》の梅吉《うめきち》が厠《かわや》に入っていて、厠の戸の隙間から廊下を歩く一味を見ていた。その梅助の話から、一味が七人と知れたのである。七人とも、黒布で頬っかむりしていたので、顔は見えなかったそうだ。

一味のなかに、牢人体の武士がひとりいたことも分かった。武士は袴姿で大刀を一本だけ差していたという。

また、一味が奪った金は、千二百両ほどだった。店の内蔵をあけて、千両箱を運び出したようだ。

一味は内蔵の鍵《かぎ》を出させるために、番頭の松蔵と手代の房次郎を寝間から帳場に連れ出したらしい。その後、ふたりの口封じのために斬り殺したようだ。松蔵と房次郎は、賊にとって都合の悪いことを見たか聞いたかしたのであろう。

松蔵は連れ出されるときに番頭部屋にひとりで寝ていたが、房次郎のいた手代部屋には三人いた。部屋に押し入った一味は、残るふたりの手代を縛り上げ、猿轡《さるぐつわ》をかませておいた。殺すまでもないと思ったのだろう。その手代ふたりの話からも、一味のなかに牢人体の武士がいたことが分かったのだ。

「黒鴨一味との噂《うわさ》があるそうだが、長月は耳にしておるか」

筒井も、五年ほど前に市中を騒がせた黒鴨一味のことは知っていたようだ。

「聞いております」

「黒鴨一味ならなおのこと、いっときも早く南《み》町《な》奉行所《み》の手で捕らえねばならんな。五年前、一味のふたりを取り逃がしたために、また仲間を集めて江戸市中を荒らすようになったとだれもが思うだろう。……いつまでも、捕らえられないとなると、町奉行所が笑い者になるだけではない。お上のご威光にも疵《きず》が付く」

筒井がけわしい顔をして言った。

「いかさま」

隼人はちいさく頭を下げた。

「長月、ただちに探索にあたれ」

筒井が隼人を見すえて命じた。

「心得ました」

隼人は、こうした話になるだろうと予想していた。

「長月、一味のなかには武士がいるそうだな」

「そう聞いております」

「手にあまらば、斬ってもよいぞ」

筒井が低い声で言い添えた。

町奉行所の同心は、下手人を殺さずに生け捕りにすることが求められていた。そのため、定廻りや臨時廻りの同心は、刀ではなく刃引《はびき》の長脇差を差している者が多い。ただ、相手が武器を持って抵抗した場合、手に余った、と称して、斬殺《ざんさつ》することもあった。

それに、隼人は直心影流の達者だった。筒井は隼人が剣の遣い手と知っていて、下手人が武器を手にして歯向かってきた場合、斬ってもよい、と前もって口にすることがあったのだ。

「ありがたき、仰せにございます」
隼人は畳に両手をついて低頭した。
筒井が、斬ってもよい、と言ったのは、隼人の身を案じてのことだと分かっていたのである。

7

隼人は南町奉行所の門を出ると、いったん八丁堀の組屋敷にもどり、羽織袴に着替えてから日本橋の方面に足をむけた。供の庄助は八丁堀の組屋敷に残し、ひとりだけだった。向かった先は、神田紺屋町《こんやちよう》にある豆菊《まめぎく》という小料理屋である。

豆菊は、八吉《やきち》とおとよという夫婦でやっていた。八吉は「鉤縄《かぎなわ》の八吉」と呼ばれる腕利《き》きの岡っ引きで、長く隼人の手先だったが、老齢を理由に隠居して古女房とともに豆菊を始めたのである。

鉤縄というのは、熊手《くまで》のような鉄製の鉤に細引きの付いた捕具だった。逃げようとする下手人に鉤を投げてひっかけ、引き寄せて捕らえるのである。多くの鉤縄は、鉤が一本か二本だった。ところが、八吉の鉤縄は特製で、鉤が四本あった。鉤の重さを増すためだった。八吉の場合、敵を斃《たお》す武器としても遣ったのである。重さのある鉤を相手の頭や顔面に投げ付ければ、それだけで斃すことができたのだ。

隼人は八吉に黒鴨一味のことを訊いてみようと思った。長く岡っ引きをしていた八吉なら、一味のことを知っているはずだった。それに、八吉の家には、隼人の使っている岡っ引きの利助がいた。利助は、八吉の養子だったのである。

岡っ引きの足を洗った八吉は子供がなかったこともあって、手先に使っていた利助を養子にし、岡っ引きを継がせたのだ。

隼人は、あらためて利助に探索を指示するためもあって豆菊に足を運んだのである。これまで、奉行からの指示がなかったので、隼人は利助に探索の指示を出してなかったのだ。組屋敷に立ち寄って、八丁堀ふうの格好から御家人ふうに変えたのは、そのままでは小料理屋の商売の邪魔《じゃま》になるし、利助や八吉が、お上の手先であることを客や近所の者に知らせてやるようなものだったからである。

豆菊は、表通りから裏路地に入ってすぐのところにあった。飲み屋、小料理屋、そば屋など、飲み食いできる店が目につく路地である。

豆菊の店先に暖簾が出ていた。客がいるらしく、店から男の濁声が聞こえてきた。

暖簾をくぐると、土間の先の小上がりに、黒の半纏を羽織った大工らしい男がふたり酒を飲んでいた。ふたりの男は店に入ってきた隼人を見て、驚いたような顔をした。

いきなり、武士が入ってきたからであろう。

「だれか、いないか」

隼人は奥にむかって声をかけた。

すると、すぐに下駄の音がし、店の奥から、でっぷり太った四十がらみの女が出てきた。おとよである。

「旦那、いらっしゃい」

おとよは、隼人を目にすると満面に笑みを浮かべた。

肌の浅黒い大きな顔をしていた。目が糸のように細い、笑うとくずれたお多福のような顔になる。

「八吉はいるかな」

「いますよ。呼びますか」

「そうだな。久し振りで一杯やりたいのだが、奥の座敷を使わせてもらえるかな」

小上がりの先に障子をたてた座敷があった。客が多いときは、そこにも入れるのだ。

隼人は、八吉と事件のことを話すには、客の目がない場所がいいと思ったのである。

「どうぞ、どうぞ」

そう言って、おとよは隼人を小座敷に連れていった。

座敷に腰を下ろして、いっとき待つと、障子があいて八吉が顔を出した。

「旦那、そろそろお見えになるころだと思ってやしたよ」

八吉が相好《そうごう》をくずして言った。

八吉は小柄で猪首《いくび》だった。背の低い割りに顔が大きく、ギョロリとした目をしていた。岡っ引きだったころは凄《すご》みのある顔だったが、いまは穏《おだ》やかな顔付きで、目を細めて笑ったりすると、いかにも好々爺《こうこうや》らしい表情になる。

「酒はどうしやす」

八吉は、座敷に膝《ひざ》を突いて訊いた。

「いや、酒は話がすんでからでいい。ところで、利助は出かけているのか」

「へい、朝から綾次《あやじ》を連れて飛びまわってまさァ」

綾次は、利助の使っている下っ引きである。

「何を探ってるのだ」

隼人は、まだ利助に探索のことは何も話してなかった。

「黒沢屋の件でさァ」

「早いな。おれは、それを利助に頼もうと思ってきたのだがな」

隼人は、苦笑いを浮かべた。

「あれだけの事件になると、御用聞きたちは、みんな張り切って歩きまわりやすからね。利助も、黙って見てるわけにはいかなかったんでしょうよ」

八吉が目を細めて、陽《ひ》が沈むころには帰ってきまさァ、と言い添えた。

そのとき、障子があいて、およよが茶道具を持って入ってきた。酒を頼む前に、茶を用意してくれたらしい。

隼人は、およよが茶をいれて座敷から出ていくのを待ってから、

「ところで、八吉、おまえに訊きたいことがあるのだ」

と、声をあらためて切り出した。

「なんです」

「黒沢屋に押し入った押し込みだが、黒鴨一味だという者がいるのだ」

「あっしも、その噂を聞いていやす」

八吉の顔から笑みが消えた。大きな目が底びかりし、腕利きの岡っ引きらしい凄みのある顔になった。

「八吉は、どうみる」

「まだ、何とも……」

八吉は語尾を濁した。噂を耳にしただけなので、何とも答えようがなかったのだろ

う。

「黒沢屋に押し入った一味は七人、そのうちの六人は黒鴨仕立てだったらしい。残るひとりは武士のようで、袴《はか》を穿《は》き、刀を差していたようだ」

「ほかに、何か知れてやすか」

八吉が訊いた。めずらしいことである。岡っ引きを隠居した後、事件のことを自分から訊くことはあまりなかったのだ。黒沢屋に押し入った一味のことが、よほど気になっているらしい。

「店に入ったのは表からで、店の表戸に付いていたさるを壊して入ったようなのだ。……それが、さるのところだけうまく壊していたよ。そこに付いているのを知っていたとしか思えないような壊し方だ」

さるというのは戸に取り付けた木片で、それを柱や敷居に挿《さ》して戸締まりするようになっている。

「その手口は、黒鴨といっしょですぜ」

八吉によると、黒鴨一味は押し込む店の下見のさい、表戸のさるや心張り棒などのある場所を見ておき、その部分だけを壊して侵入していたという。

八吉は黒鴨一味の探索に当たっていた時期があり、一味のことは隼人よりくわしかったのだ。

「となると、やはり黒鴨一味の生き残ったふたりが、また仲間を集めて押し入ったか」

隼人がそう言って、口をつぐんだとき、

「旦那、あっしも気になることがあるんですがね」

八吉が、急に声をひそめて言った。

「なんだ」

「佐賀町で、飲み屋の夫婦が殺されたのを知っていやすか」

八吉が訊いた。

「天野から話を聞いている。……そういえば、黒沢屋の番頭を殺した太刀筋《たちすじ》と飲み屋の親爺を殺した太刀筋が似ているとのことだったな」

「やはり、そうですかい」

八吉の顔に憂慮の翳《かげ》が浮いた。

「八吉、何か知っているのか」

「旦那、殺された寅五郎は、飲み屋を始めるまで御用聞きをしてやしてね。黒鴨一味を追っかけていたひとりなんでさァ」

「なに……」

隼人が驚いたような顔をした。

「寅五郎は、黒鴨一味に消されたのかもしれねえ」

八吉の顔がけわしくなった。

「なぜ、足を洗った男を消すのだ」

「たしかなことは分からねえが、黒鴨一味は寅五郎に尻尾《しっぽ》をつかまれていると思い、町方《まちかた》に知れる前《めえ》に始末したのとちがいますかね。……それに、五年前に親分たちが捕らえられて殺された仕返しかもしれねえ」

「うむ……」

八吉の睨んだとおりかもしれない、と隼人は思った。そうでなければ、黒鴨一味が、寅五郎を殺す理由がないのだ。

「寅五郎のほかにも、黒鴨一味に狙われるやつがいるかもしれやせん」

八吉が虚空を睨むように見すえてつぶやいた。

「それは、だれだ」

「寅五郎と同じように、黒鴨一味を追っていた御用聞きでさァ」

八吉が、あっしも、そのひとりで、とつぶやいて、苦笑いを浮かべた。

隼人は、八吉の考え過ぎではないかと思ったが、それは口にせず、

「ともかく、用心した方がいいな」

と言って、膝先の冷めた湯飲みに手を伸ばした。

その後、しばらくして、利助と綾次が店にもどってきた。

隼人はふたりに黒沢屋に押し込んだ一味の探索をあらためて命じた後、

「何かあったら、おれにすぐ知らせろ」

と、念を押すように言った。

「承知しやした」

利助が昂《たかぶ》った声で言うと、綾次も緊張した面持ちでうなずいた。

第二章　報復

1

神田平永町《ひらながちょう》の路地に小体なそば屋があった。店の名は笹乃屋《ささのや》。益造《ますぞう》という年配の岡っ引きが女房のおよしにやらせている店だった。益造夫婦には元次《もとじ》という十三になる倅がいて、そば屋を手伝っていた。

益造は、南町奉行所の定廻り同心の横山安之助から手札をもらっており、黒沢屋に押し入った一味を探っていた。

益造も、五年ほど前に黒鴨一味を探っていたので、黒沢屋のあるじが、賊は黒鴨仕立てだったと口にしたのを耳にしたとき、

……押し入ったのは黒鴨一味だ！

と、すぐに察知した。

そこで、益造は五年前、一味にかかわりのあった者をもう一度洗ってみようと思っ

た。一味のなかで、生き残った冬造と猪十のことを知っている者がいるのではないかと思ったのだ。

さっそく、一味のひとりの島造がよく出入りしていた本所横網町の樽安《たるやす》という一膳めし屋に出かけて、あらためて話を聞いた。だが、店の親爺は、島造のことは知っていたが、冬造と猪十のことはまったく知らなかった。黒沢屋へ押し入った黒鴨一味につながるような話は何も聞けなかったのだ。

益造が疲れた足取りで、笹乃屋に帰ってきたのは、暮れ六ツ（午後六時）を過ぎてからだった。まだ、そば屋はひらいていて客がいたが、

「ともかく、めしを食わせてくれ。腹がへっちまった」

と、益造はおよしに頼んだ。

「茶漬けがいいかい」

およしが訊いた。益造はそばを食い飽きたのか、煮染《にしめ》や漬物などの菜《さい》でめしを食うことが多かった。それに、急ぐときは、茶漬けや握りめしを作ってもらっていたのだ。

「茶漬けを頼む」

益造は小上がりに腰を下ろした。

いっときすると、およしが茶漬けにたくあんを添えて運んできた。

「元次は何をしてる」

益造が茶漬けを食う箸をとめて訊いた。店に元次の姿が見えなかったからだ。

「板場で、てんぷらを揚げてるよ。……おまえさんに出すつもりらしいよ」

およしが目を細めて言った。

「そいつは、すまねえな」

益造も顔をほころばせた。夫婦にとって、元次は大事な伜だったのである。

それから半刻（一時間）ほどし、益造は茶漬けと元次が揚げたてんぷらを食い終え、茶を飲んでいた。すでに、客は帰り、店のなかにいたのは、益造、およし、元次の三人だけだった。

「もう、暖簾はしまおうかね」

およしが、戸口に目をやって言った。

店の外は夜陰につつまれていた。五ツ（午後八時）にちかいのかもしれない。路地を通る者の足音もあまり聞こえなくなった。

「もう、客はこねえだろう」

そう言って、益造が暖簾をしまおうとして立ち上がろうとしたときだった。

戸口に近付く足音が聞こえ、格子戸があいた。店に入ってきたのは、ふたりだった。

牢人体の男と町人である。ふたりは、手ぬぐいで頰っかむりしていた。

「お客さん、店仕舞いするところですが」

およしが不安そうな顔をして声をかけた。ふたりが、頰っかむりして顔を隠していたからだ。

店に入ってきたふたりはおよしにかまわず、戸口に立ったまま店内の様子を探るように見まわしていた。

「旦那、客はいねえようだ」

町人がくぐもった声で言い、懐に右手をつっ込んだ。

これを見た益造は、

……黒鴨一味がおれを殺しにきた！

と、察知した。脳裏に、殺された寅五郎とおかつのことがよぎったのだ。

益造は脇に置いてあった十手を握りしめて立ち上がると、

「およし、元次、裏から逃げろ！」

と、叫んだ。

いきなり、町人が懐から匕首を取り出し、牢人が刀の柄に右手を添えた。ふたりの身辺には、獲物を襲う狼のような気配がある。

「お、おまえさんも、逃げて！」

およしが、声を震わせて叫んだ。

元次はひき攣《つ》ったような顔をして立ち上がり、およしの脇に立った。子供ながら、母親を守ろうとしたらしい。

「三人そろってあの世に送ってやるよ」

町人が口元に薄笑いを浮かべて言った。

「およし、元次を連れて逃げろ！……早く！」

益造が必死に叫んだ。

その声で、およしは元次の手を取って後じさった。顔が蒼ざめ、体は激しく顫えていたが、およしの胸には元次だけは助けたいという思いがあったようだ。

「逃がすか」

町人が、匕首を胸のあたりに構え、すこし前屈みになって、およしと元次に近付いてきた。

牢人は益造の前に立ち、左手で刀の鯉口を切り、居合腰に沈めて抜刀体勢をとった。身辺に異様な殺気がただよっている。

「やろう！」

益造は牢人の殺気を感じ、十手を持ち替えると、そばに置いてあった丼《どんぶり》を手にして牢人に投げつけた。

牢人が横に上体を倒して、丼をかわした。ガシャ、と音をたて、丼が板壁に当たって砕けた。

「元次、逃げて！」

およしが叫び、板場近くの棚にあった箸立をつかみ、町人にむかって投げつけた。

箸立と箸がばらばらになって町人に飛んだ。

町人は匕首をふるって箸を払ったが、箸立が肩先にあたった。箸が飛び散り、町人の周囲に落ちた。

「殺してやる！」

町人が目をつり上げ、歯を剝き出した。怒りの形相《ぎょうそう》である。

「おっかさんも、逃げろ！」

つづいて、元次が箸ごと箸立を投げつけ、後じさった。

およしも元次につづいて後じさり、町人との間がひらくときびすを返した。これを見た元次が反転した。

ふたりは、小上がりの脇の土間から裏手へ逃げた。裏手は板場になっていた。背戸から外へ逃げられる。

「待ちゃァがれ！」

町人が匕首を手にしたまま後を追ってきた。

およしと元次は板場の狭い土間を通って裏手の引き戸をあけて外へ出ると、すぐに戸をしめ、隣家との細い路地に駆け込んだ。戸をしめたのは敷居の滑りが悪く、すこし戸を浮かせるようにしないとなかなかあかないからだ。追ってくる町人は、手間取るはずである。

町人は、すぐに外へ出てこなかった。板場が暗かったため、流しや竈《へっつい》などの狭い間を通るのに手間取った。さらに、裏の引き戸を焦《あせ》って力任せにあけようとしたため、およしの思いどおりなかなかあかなかったのだ。

およしと元次は逃げた。家と家の狭い路地を手探りで走った。

上空に月が出ていたが、路地の闇は深かった。わずかに家や樹木の黒い輪郭が識別できるだけである。ふたりは板塀に突き当たり、樹木の枝で顔をたたかれたりしながら懸命に走った。

背後でかすかに追ってくるらしい足音がしたが、すぐに聞こえなくなった。およしたちの姿を見失ったのかもしれない。

およしは息が切れ、ヒイヒイと喘《あえ》ぎ声を洩らし、よろけながら走った。

「おっかさん、追ってこないよ」

元次が、板塀の脇で足をとめた。

「う、うちのひと、どうしたかしら……」

およしも足をとめ、店の方に目をやりながら不安そうにつぶやいた。

2

隼人が登太に髷をあたらせていると、後ろの障子があいて、おたえが顔を出した。

「だ、旦那さま」

おたえが、慌てた様子で言った。

「どうした？」

「利助さんが来てますよ。旦那さまに、お知らせすることがあるそうです」

「縁先へまわってもらってくれ」

隼人は、何かあったのだろうと思った。

髷をあたっている登太が、櫛を動かす手を早めた。毎朝来ている登太は利助が岡っ引きであることを知っていて、事件のことで知らせに来たと思ったようだ。

おたえが縁先から離れて間もなく、戸口から縁先にまわる足音がして利助が姿を見せた。走りづめで来たのか、顔が紅潮し、額に汗が浮いている。

「何かあったのか」

「だ、旦那、また、殺《や》られた」

利助が声をつまらせて言った。

登太は利助に顔もむけず、せわしく櫛を動かしている。おたえは、隼人の後ろに来て膝を折り、目を瞠《みひら》いて利助を見ている。

「だれが殺られたのだ」

「ま、益造親分でさァ」

「御用聞きだな」

隼人は、益造の顔を知っていた。定廻り同心の横山から手札をもらっている岡っ引きである。

「親分が、すぐに旦那をお呼びしろ、と言ってやした」

利助が親分と呼ぶのは、八吉のことである。利助は養子になったいまでも、八吉のことを親分と呼んでいた。

「八吉も行っているのか」

めずらしいことだった。隠居してから、自分から事件の現場に出かけることなどなかったのである。

「へい」

「場所はどこだ」

「平永町でさァ」

神田平永町は豆菊のある紺屋町に近いので、話を聞いた八吉が様子を見にいったのであろう。それに、近所の岡っ引きが殺されたので、他人事と思えなかったのかもしれない。

「分かった、すぐ、行く」

隼人がそう言ったとき、

「旦那、終りやしたぜ」

登太が、サッと隼人の肩にかけてあった手ぬぐいをとった。なかなか手際がいい。

隼人は立ち上がると、

「おたえ、聞いたとおりだ。すぐに、まいらねばならぬ。支度《したく》を頼む」

と、いかめしい顔付きをして言った。支度といっても、黒羽織を羽織るだけである。

「はい！」

おたえは、顔をひきしめて立ち上がり、そそくさと座敷にむかった。

隼人は黒羽織に小袖を着流した八丁堀ふうの格好になり、おたえに見送られて戸口から出た。

戸口で庄助が挟み箱を担いで待っていた。隼人は庄助に、出仕は後になるので屋敷で待っているように言い置き、利助とともに平永町にむかった。利助と八吉がいるので、庄助はいらないと思ったのである。

平永町の表通りから路地に入って、一町ほど歩くと、

「旦那、あそこで」

そう言って、利助が前方を指差した。

小体な店の前に、人だかりができていた。通りすがりの者もいるようだったが、岡っ引きや下っ引きらしい男の姿が多かった。岡っ引きが殺されたこともあって、仲間たちが集まったのだろう。

隼人たちが駆けつけると、人垣が割れて道をあけた。隼人の顔を知っている者が多かったのだ。店の戸口の脇に、八吉と綾次の姿があった。ふたりの顔がこわ張っている。

「殺られたのは、益造だそうだな」

隼人が八吉に小声で訊いた。

「へい、益造は店のなかに……」

八吉がそう言ったとき、店のなかで細い嗚咽《おえつ》が聞こえた。だれか、泣いているらしい。

「ともかく、死骸《ほとけ》をおがんでみるか」

隼人は戸口から店に入った。

なかは薄暗かった。土間とその先の小上がりに、何人もの人影があった。天野と横山の姿もある。ふたりも、手先からの知らせを聞いて駆け付けたのだろう。

泣き声は、小上がりから聞こえた。女が座したまま両手で顔をおおって嗚咽を洩らしている。女の脇に、小柄な若者がいた。まだ、十三、四歳かもしれない。うなだれて、ヒクヒクとしゃくり上げている。殺された益造の家族かもしれない。

「長月さん、ここです」

天野が声をかけた。

天野と横山が土間の隅に立っていた。ふたりの足元に死体が横たわっているらしい。

土間には箸や欠けた瀬戸物の破片が散らばり、箸立が転がっていた。店のなかで、争ったようだ。

隼人は横たわっている死体のそばに近寄った。男が横臥《おうが》していた。土間がどす黒い血に染まっている。

「益造です」

天野が小声で言った。

益造は目を剝き、口を引き結んで死んでいた。無念そうな顔である。右手に十手を持っていた。下手人と闘ったのであろう。

「首か！」

益造は、喉から耳の下にかけて斜に斬り上げられていた。刀傷のようである。

「首の傷は、黒沢屋の番頭とそっくりだ。下手人は同じかもしれねえな」

隼人がつぶやくような声で言った。

「寅五郎の傷も似てました」

「となると、益造も黒鴨一味の手にかかったのか」

隼人がそう言ったとき、

「益造は、黒鴨一味を探っていたのだ」

と、横山が脇から言い添えた。横山の顔に、悲痛の翳《かげ》が張り付いていた。手札を渡している岡っ引きの無残な死を目《ま》の当《あ》たりにしたからであろう。

「五年ほど前、黒鴨一味を捕らえたが、そのときも益造は探索にあたっていたのか」

隼人が訊いた。

「探っていた。それに、隠れ家にひそんでいた頭目の重兵衛たちを捕らえたときも、益造は捕方にくわわっていたはずだ」

「黒鴨一味は、益造を覚えていたのか」

「そうとしか思えん」

「やはり、黒鴨の仕業《しわざ》だな」

益造は五年前のことをたどって、黒鴨一味の尻尾をつかんだのかもしれない。それを察知した一味が、益造を殺したのではあるまいか──。

「ところで、小上がりで泣いている女と子供は」

隼人が、小上がりにいるふたりに目をむけて訊いた。

「益造の女房と子供ですよ」

天野が、およしと元次の名を口にした。

「ふたりは、益造が殺されたとき店にいたのか」

「そのようです」

「話を聞いてみるか」

いっしょにいたのなら、下手人の姿を目にしているはずである。

隼人は小上がりにいるふたりのそばに近付き、刀を鞘ごと抜いて框に腰を下ろすと、

「およしか」

と、声をかけた。

すると、およしの嗚咽がやんで、そうです、と小声で答えたが、顔を両手でおおったままだった。まだ、洟《はな》をすすり上げている。

「およし、店に踏み込んできた者を見たか」

「み、みました……」

およしが、声を震わせて言った。

「ひとりか」

「ふ、ふたりです」

「ひとりは、武士だったのではないか」

隼人は、黒沢屋の番頭を斬ったのは武士だとみていた。

「ひとりは、牢人のようでした」

およしが顔を手でおおったまま、とぎれとぎれに話したことによると、武士は大刀を一本だけ差していたという。それに、手ぬぐいで頬っかむりしていたが、撫で肩で

総髪らしいことが分かったそうだ。

「もうひとりは、町人か」

隼人が訊くと、およしがうなずいた。

およしによると、町人は中背《ちゅうぜい》で目尻のつり上がったような目をしていたという。

「ふたりは、何か言わなかったか」

ふたりは組と益造の間で、何かやり取りがあったのではあるまいか。それが分かれば探索の手掛かりになるかもしれない。

「い、いきなり、店に入ってきたのを見て、うちのひとが、あたしと元次に、逃げろと叫んだんです」

そう言って、およしは手を顔から離した。

ひどい顔をしていた。髷がくずれて、前髪が額に垂れている。顔が悲痛にゆがみ、瞼《まぶた》が腫《は》れて両目が赤くなっていた。およしの顔が、昨夜からの悲惨な出来事を物語っているようである。

すると、それまで口をつぐんでいた元次が、

「お、おれと、おっかさんは、裏から逃げたんだ。……お、おとっつァんは、おれたちを逃がすために店に残って……」

と、声を震わせて言った。

元次の髷もくずれ、目が涙で濡れていた。頰や額にひっ掻いたような擦《す》り傷があった。逃げるときに負ったようだ。

「み、店にもどると、うちの人が倒れていて……」

およしが、また顔を両手でおおって、しゃくり上げ始めた。

「そうか」

母子の話から、店に踏み込んで来たのは牢人と町人のふたり組であることが分かった。おそらく、益造を斬ったのは牢人であろう。

「どうやら、益造は、おめえたちふたりを助けるために死んだようだ。つらいだろうが、益造の気持ちを無駄にするんじゃァねえぞ」

そう言い置いて、隼人は腰を上げた。

3

隼人、天野、横山の三人は益造の検屍を終えると、店の外に出て集まっていた手先たちに付近で聞き込みをするよう指示した。益造を殺したふたり組を見かけた者がいるかもしれない。

手先たちが店先から離れると、

「これで、ふたり目だな」

横山が顔をけわしくした。

「寅五郎と益造ですか」

天野が訊いた。

「そうだ。寅五郎は御用聞きをやめていたが、ふたりとも五年前に、黒鴨一味を探っていたのだ」

横山が言った。

「おれも、ふたりを殺ったのは、黒鴨一味だとみている」

隼人は、一味のなかにいる牢人が斬り手ではないかとみた。

「黒沢屋に押し入った賊も、黒鴨一味とみましたが」

と、天野。

「まちがいないだろう。殺された番頭の斬り口からも、同じ下手人とみていい。それに、侵入した手口も、五年前の黒鴨一味とよく似ている」

「すると、生き残った一味のふたり、冬造と猪十があらたに仲間を集めて、徒党を組んだわけですか」

「そうみていいいな。当時、御用聞きだった寅五郎と益造を殺したのは、むかしのことから手繰《たぐ》られるのを恐れたのかもしれん。それに、親分たちを殺された仕返しのつもりもあるだろう」

隼人が言うと、横山が、

「おれも、同じ考えだ。……冬造と猪十が一味にいるなら、五年前にかかわった者たちを洗えば、ふたりのことが知れるかもしれんぞ」

と言って、虚空を睨むように見すえた。

隼人たち三人は、店先で今後の探索の相談をした。

その後、隼人は天野と横山にその場をまかせて紺屋町に足をむけた。八吉たち三人が来ていたので豆菊まで足を延ばし、今後のことを指図しておくつもりだった。今日は、八丁堀ふうの格好で来ていたが、長居しなければいいだろう。

豆菊は店をひらいていたが、まだ客はいなかった。隼人は刀を鞘ごと抜いて小上がりに腰を下ろした。

隼人はおとよが淹《い》れてくれた茶で喉を潤した後、

「八吉、益造のことは知っているな」

と、切り出した。紺屋町と平永町は近かったし、益造も年配の岡っ引きだったので、八吉とは顔馴染《かおなじ》みだったはずである。

「よく、知っておりやす」

八吉が重い声で答えた。顔に困惑と悲痛の表情があった。八吉にとっても、益造が殺されたことは衝撃だったにちがいない。

利助と綾次は八吉の脇に腰を下ろし、神妙な顔をして話を聞いている。

「益造は、黒鴨一味を探っていたのではないのか」

隼人は、益造は五年前の黒鴨一味を洗いなおしていたのではないかと思った。

「ちかごろ、益造が何を探っていたかは知りやせん。……ですが、五年ほど前《めえ》に黒鴨一味を探っていたのは知っていやす」

八吉が言った。

「当時のことを話してくれ」

「先に捕らえた島造を探っていたはずでさァ。島造を捕らえたのは、益造が島造の金遣いが荒いのに目を付けたからなんで」

八吉によると、益造が島造の跡を尾《つ》け、賭場《とば》に出入りしているのをつかんだ。そして、賭場の手入れをし、博奕の咎で島造を捕らえたという。

「捕らえた島造を拷問《せめ》で、口を割らせたのだな」

隼人も、島造を捕らえた後のことは知っていた。

「そうでさァ」

「八吉、その賭場だが、いまもあるのか」

隼人は、賭場に出入りしている客のなかに島造のことを知っている者がいるのではないかと思った。当時の客から話を聞けば、何か手掛かりが得られるかもしれない。

「賭場は、本所の横網町にありやした。賭場の手入れをし、そのとき貸元《かしもと》もお縄にしやしたんで、賭場はねえはずで」

「そうか」

「旦那、たしか、益造は賭場のちかくの一膳めし屋で、話を聞いたと言ってやしたぜ」

八吉が思い出したように言った。

「一膳めし屋か」

隼人がつぶやいたとき、黙って話を聞いていた利助が、

「旦那、あっしと綾次とで一膳めし屋にあたってみやす」

と、意気込んで言った。

するとs、脇にいた綾次が、

「あっしも、やりやすぜ」

と言って、目をひからせた。

「どうだ、八吉、ふたりに探らせてもかまわねえか」

隼人は八吉に目をむけて訊いた。迂闊《うかつ》に探索を指示できなかった。殺された寅五郎と益造のことがある。

「あっしも、利助たちといっしょに探ってみやすよ」

八吉が腹をかためたような顔をして言った。知り合いの岡っ引きが殺されたこともあり、放っておけないと思ったようだ。

「やってくれるか」

「へい、用心しながらやりやしょう」

八吉も、下手《へた》に動くと黒鴨一味に殺されるとみているようだ。

「八吉がいっしょなら心強いが、無理をするなよ」

経験の豊富な八吉なら、黒鴨一味の動きにも目を配って探索にあたるはずである。

「それから、旦那、繁吉も使ったらどうです」

八吉が言った。

「そうしよう」

　繁吉は、深川、本所を縄張りにしている岡っ引きである。それに、繁吉の手先の浅次郎《あさじろう》は、本所北本町に住んでいた。本所界隈のことはくわしいだろう。

「あっしから、繁吉に話しておきやすよ」

　八吉は、五年ほど前の黒鴨一味のことを繁吉に話しておくと言い添えた。そのころ、繁吉は隼人から手札をもらっていなかったので、黒鴨一味のことは知っているだろうが、当時の町方の探索の様子までは分かっていないはずだ。

「頼む」

　話が一段落すると、隼人が、

「八吉、茶漬けでも頼めるか。腹がへっちまってな」

　と、苦笑いを浮かべて言った。

「こいつはすまねえ。あっしとしたことが、気がつきませんで……。すぐに、作りやす」

　八吉は慌てて立ち上がり、

「利助と綾次の分もな」

　と言い置いて、そそくさと板場にむかった。

4

翌日、八吉は利助と綾次を連れて本所横網町にむかった。まず、八吉は当時賭場のあった仕舞屋《しもたや》にいってみることにした。

貸元の妾が住んでいた借家を賭場に使っていたのだが、行ってみると、借家は取り壊されて空き地になっていた。

「ともかく、近くの一膳めしをあたってみよう」

八吉は益造から一膳めし屋と聞いていただけで、当てがなかった。仕方がないので、賭場近くを歩いて片っ端から一膳めし屋で話を聞いてみることにした。

当初、八吉は三人で手分けして聞き込んでみるつもりだったが、黒鴨一味のことが気になり、三人でまわることにした。どこに一味の目がひかっているか分からない。用心しながら探らねばならないのだ。

一刻（二時間）ほど歩き、五、六軒目の樽安《たるやす》という一膳めし屋に立ち寄ったとき、

「益造親分なら、来やしたぜ」

と、親爺が口にした。

「来たか」

思わず、八吉の声が大きくなった。

「へい、一昨日《おととい》でさァ」

「うむ……」

どうやら、益造は樽安に来た日の夜に殺されたらしい。親爺は、まだ益造が殺されたことは知らないようだった。

「益造が、何を訊いたか話してくれ。なに、益造にちょいとしたことがあってな。話が聞けなくなっちまったのよ」

八吉は、益造が殺されたとは言わなかった。親爺が警戒して、話さなくなるとみたからである。

「そうですかい。……益造親分に訊かれたのは、五年も前のことですがね」

親爺は怪訝な顔をしたが、益造のことは訊かなかった。

「五年も前のことか」

八吉は、驚いたような顔をして見せた。益造が五年ほど前の話を聞きにきたのは分かっていたが、親爺の口からしゃべらせようと思って水をむけたのである。

「へい、そのころ、うちの店によく顔を出してやした島造って男のことを訊きにきたんでさァ。親分さんも、ご存じと思いやすが、島造はそのころ江戸を騒がせた黒鴨一味のひとりだったんで」

親爺の顔がすこし紅潮し、目に好奇の色が浮いた。この手の話が、好きなのかもしれない。

「そういやァ、黒鴨一味に島造てえやつがいたな。江戸中を騒がせた大泥棒だぜ」

八吉は、また驚いたような顔をした。利助と綾次は、八吉の後ろに殊勝な顔をして立っている。

「それで、益造は島造の何を訊いたんだ。たしか、島造は獄門晒首になったはずだぞ。いまさら、探ることはねえはずだがな」

八吉が、話の先をうながすように言った。

「あっしには分からねえが、益造親分は島造のことより、他の男のことをくわしく訊いてやしたぜ」

「他の男ってえなァ、だれのことだい」

「冬造と猪十とかいう男のことで」

「それで、おめえは冬造と猪十のことを知っているのか」

どうやら、益造は生き残った黒鴨一味ふたりのことを探ろうとしたらしい。おそらく、黒沢屋に押し入った一味に、冬造と猪十がくわわっているとみたのであろう。

「ふたりのことは、まったく知らねえでさァ。店の客にもいねえし、名を聞いた覚えもねえんで」

「益造は、あきらめて帰ったのか」

「益造親分は、島造がつるんで遊んでいた男のことを話してくれ、と言いやしたが、あっしは、分からねえと答えたんで。……だって、五年も前《めえ》の話ですぜ。それに、島造と懇意にしてたわけでもねえのに、そこまで覚えてるはずがねえでしょう」

「おめえの言うとおりだ。……それでどうしたい」

さらに、八吉が訊いた。八吉は、島造の仲間をたぐる手掛かりが聞き出したかったのである。

「益造親分は、また寄らせてもらうから、島造のことで何か思い出したことがあったら話してくれ、そう言い残して、帰《けえ》ったんでさァ」

そう言うと、親爺はその場を離れたい素振りを見せた。いつまでも、油を売っているわけにはいかないと思ったのかもしれない。

「それで、島造のことで思い出したことはねえんだな」

八吉が念を押すように訊いた。

「そういえば、思い出したことがありやす」

親爺が、八吉に顔をむけた。

「話してくれ」

「島造には、情婦《いろ》がいたと聞いた覚えがありやすんで」

「情婦だと」

「へい、名は忘れちまったが、たしか、小料理の女将《おかみ》で、店は相生町《あいおいちょう》の二ツ目橋の近くだったような気がしやす」

本所相生町は、竪川《たてかわ》沿いに一丁目から五丁目まで長くつづいている。二ツ目橋は、竪川にかかる橋である。

「小料理屋の名は分かるか」

八吉は相生町まで足を延ばしてみようと思った。

「なんてえ店だったか……。鶴屋だったか、亀屋だったか。めでてえ名だったような気がするが、はっきりしねえ」

親爺は八吉を上目遣《うわめづか》いに見ながら、親分さん、あっしも忙しいもんでね、と言って、首をすくめた。

「手間をとらせて、すまなかったな」

八吉は、親爺に礼を言って一膳めし屋を出た。

「利助、綾次、相生町まで足を延ばすぞ」

通りへ出たところで、八吉が言った。

八吉たち三人は、回向院《えこういん》の裏手を通って、竪川にかかる一ツ目橋のたもとに出た。そこから川沿いの道を東にたどれば、二ツ目橋のたもとに出られる。

陽は西の空にまわっていたが、陽射しは強かった。八ツ半（午後三時）ごろではあるまいか。流れのゆるやかな竪川の川面に陽射しが反射《はね》て、油を流したようににぶくひかっている。ときおり、荷を積んだ猪牙舟が通りかかり、川面に照らすひかりを掻き乱しながら行き過ぎていく。

「親分、二ツ目橋が見えてきやしたぜ」

歩きながら利助が言った。

前方に、竪川にかかる橋梁《きょうりょう》が見えた。橋の上を行き来する人の姿が、胡麻粒《ごまつぶ》のようにちいさく見える。

橋のたもとまで来ると、八吉たちは足をとめた。通り沿いに並ぶ店屋に目をやったが、小料理らしい店はなかった。

「近所で訊いてみるか」

八吉は、歩いて探すより訊いた方が早いと思った。

「親分、あそこに下駄屋がありやすぜ」

利助が通り沿いの店屋を指差した。

見ると、小体な下駄屋があった。赤や紫の鮮やかな色の鼻緒の下駄が店先に並べられている。町娘がふたり店先にたかっていた。店のあるじらしい男が赤い鼻緒の下駄を手にして、ふたりの娘と話している。その下駄をすすめているようだ。

「あの店で訊いてみるか」

八吉たちは、下駄屋に足をむけた。

5

「おめえさん、この店のあるじかい」

八吉が訊いた。

三十代半ばと思われる細面《ほそおもて》の男だった。鼻筋が通り、切れ長の目をしていた。若いときは、なかなかの男前だったと思われる。手に赤い鼻緒の下駄を持っていた。ふたりの娘は、下駄を買わずに、店から離れたらしい。

「はい、この店のあるじですか」

男が八吉たちを見てに訝《いぶか》しそうな顔をした。店先に立った三人の男が、客とは思えなかったのだろう。

「ちょいと、訊きてえことがあってな」

八吉がそう言うと、脇に立っていた利助が懐から十手を取り出して見せた。

「親分さんですか」

男は手にした下駄を店先に置いた。顔がいくぶん緊張している。

「なに、てえしたことじゃァねえんだ。このあたりに、小料理屋があると聞いてきたんだがな。見当たらねえんだ」

「何という店ですか」

男が訊いた。顔に、ほっとした表情が浮いた。自分には、かかわりのない話と思ったようだ。

「それが、はっきりしねえんだ。鶴屋か、亀屋か、ともかくめでてえ名だ」

八吉は、そう言うしかなかった。

「鶴屋じゃァないですかね」

「近くに、鶴屋はあるのかい」

「それが、二年ほど前に店仕舞いしましてね。いまは、八百屋《やおや》になってますよ」

男が言った。

「それで、八百屋はどこにある」

八吉は、八百屋の者に訊いたら何か分かるのではないかと思ったのだ。

「一町ほど先です」

男は川沿いの道を指差した。

「邪魔したな」

八吉たちは、下駄屋の前から離れた。

行ってみると、八百屋はすぐに分かった。小体な店で、店先に大根、青菜、葱《ねぎ》などが並び、奥には芋《いも》、笊《ざる》に入った豆類などが並び、漬物樽も置いてあった。その漬物樽の前に五十がらみと思われる親爺がいた。前だれをかけている。

「いらっしゃい」

親爺は八吉たちの姿を見ると、愛想《あいそ》笑いを浮かべ、揉《も》み手《で》をしながら出てきた。客と思ったようだ。

「この店のあるじか」

八吉が訊いた。

「そうだが、何か用ですかい」

とたんに、親爺の物言いがつっけんどんになった。八吉たちが、客ではないと分かったからだろう。

「お上のご用で来たのだがな」

　八吉が言った。

「親分さんですかい」

　親爺の顔にまた愛想笑いが浮いたが、すこしひき攣ったような笑いだった。

「この店は、小料理屋だったそうだな」

「へい、古い店でしてね。壊れかけてましたよ。大工の手をいれて、なんとか店らしくしたんでさァ」

「小料理屋をしていたときの女将はなんてえ名だ」

「おのぶさんで……。年増のいい女でしたぜ」

　親爺の顔に、にやけた笑いが浮いた。

「この店をやめた後、おのぶはどうしたか知っているか」

「聞いた話なんですがね、三年ほど前《めえ》に、あたらしい情夫《いろ》ができやしてね。この店をやめてから、情夫といっしょに暮らしているようですぜ」

　親爺が、にやけた笑いを浮かべたまま言った。どうやら、この手の噂話が嫌いではないようだ。

「その情夫の名を知っているか」

三年ほど前というと、島造ではないことになる。島造は五年ほど前に処刑されているのだ。

「名は知りやせんが、ちょいと小耳にはさんだ噂では、前の情夫といっしょに店に出入りしていた男のようでさァ」

「なに、前の情夫といっしょに出入りしていた男だと」

思わず、八吉の声が大きくなった。前の情夫は、島造のはずである。その島造といっしょに店に出入りしていた男なら、黒鴨一味の仲間かもしれない。そうであれば、冬造か猪十ということになる。

「へえ……」

親爺が首をすくめた。八吉の声が急に大きくなったので、何か都合の悪いことでも口にしたと思ったのかもしれない。

「おのぶは、いまどこにいる」

八吉が声を強くして訊いた。

「川向こうの林町にいると聞いてますよ」

林町は竪川の向こう側の地にひろがっている。一丁目から五丁目まであり、川沿いに細長くつづいている町である。

「小料理屋でも、しているのか」

「囲い者らしいですぜ」

親爺の顔に、またにやけた笑いが浮いたが、すぐに消えた。

「妾か」

八吉はおのぶの身辺を洗ってみようと思った。おのぶを囲っている男が何者なのかつきとめねばならない。

「ところで、おのぶが囲われている家は、林町のどこにあるのだ」

林町というだけでは、探すのに手間がかかる。

「たしか、二丁目で川沿いにあると聞いた覚えがありやすが」

親爺は首をひねった。はっきりしないらしい。

「二丁目な」

それだけ分かれば、つきとめられる、と八吉は踏んだ。

八百屋を出ると、陽は西の家並の向こうに沈みかけていた。七ツ半（午後五時）ごろになるのではあるまいか。竪川の川面が、夕陽を映して淡い茜色《あかねいろ》に染まっていた。

通り沿いの店屋の影が長く伸びている。

「親分、林町に行きやしょう」

通りに出たところで、利助が言った。

「いや、明日出直そう」

八吉は、明日出直すのは面倒だと思ったが、林町にまわって聞き込むと暮れ六ツ(午後六時)を過ぎてしまう。どこに、黒鴨一味の目があるか分からなかった。暗くなってから、竪川沿いの道を歩きまわるのは危険である。

「親分、せっかくここまで来たんですぜ。おのぶの塒《ねぐら》だけでも確かめやしょうや」

さらに、利助が言った。

「利助、おめえ、腹がへらねえか」

「へりやした」

「なら、店に帰って、何か食おうじゃァねえか。おのぶは、逃げやァしねえよ」

八吉が言うと、

「あっしも、腹の皮が背中にくっつきそうだ」

と、綾次が声を上げた。

「ともかく、今日のところは店に帰《けえ》ろう」

そう言って、八吉が川沿いの道を西にむかって歩きだすと、利助と綾次が八吉の後に跟《つ》いてきた。めしに釣られたらしい。

翌朝、八吉たち三人は豆菊を出ると、林町に足をむけた。竪川沿いの道を東にむかって歩き、林町二丁目に入ったところで、目についた足袋屋《たびや》で訊いてみたが、それらしい家は近くになかった。

それから三軒ほど立ち寄って訊いたが、分からなかった。それでも、四軒目の春米屋《つきごめや》の親爺が、

「おのぶさんなら、半町ほど先に住んでやすぜ」

と、口にした。

八吉が、念のためにおのぶのことを訊くと、おのぶの住んでいる家は借家で、三年ほど前に越してきたという。囲われ者らしく、近所付き合いはまったくないそうだ。

……まちがいない。島造の情婦《いろ》だったおのぶだ。

と、八吉は確信した。

「それで、旦那の名を知っているかい」

八吉が声をあらためて訊いた。

「名は知らねえな」

親爺は首をひねった。親爺によると、旦那はあまり姿を見せず、しかも妾宅には夜

になって出入りしているようで、これまでに二度おのぶと歩いている姿を見かけただけだという。

「町人か」

「へい、旦那といっても、遊び人のように見えやしたぜ」

親爺によると、おのぶの旦那は痩せた男で年格好は三十代半ば、縞柄の単衣《ひとえ》を着流し、雪駄《せった》履きだったという。

「旦那の生業《なりわい》は？」

「分からねえ」

「ともかく、様子を見てみるか」

八吉は親爺から、おのぶの住んでいる家の様子を訊いて春米屋を出た。

半町ほど歩くと、親爺の話していた板塀をめぐらせた仕舞屋があった。

「あれだな」

いかにも妾宅ふうだった。板塀にかこまれたこぢんまりした家である。通りからすこし入ったところにあり、裏手は竹藪《たけやぶ》になっていた。右手は小体な古着屋で、左手は空き地になっていた。

八吉たち三人は仕舞屋に近付くと、板塀に身を寄せて聞き耳をたてた。家のなかはひっそりとして、話し声は聞こえなかった。ただ、だれかいるらしく、障子をあけるような音がした。

「もう、行くぞ」

八吉が、ふたりに小声で言い、板塀のそばを離れた。八吉たちは通りから見えない場所にいたが、いつまでも板塀に張り付いて家の様子をうかがっているわけにはいかなかった。日中である。どこに他人の目があって、騒ぎ立てられるか知れなかったのだ。

「親分、どうしやす」

仕舞屋から離れたところで、利助が訊いた。

「さて、どうするか」

八吉は、おのぶの旦那の正体をつきとめたかった。それには、仕舞屋近くに張り込んで、姿を見せた男を尾けるしかないだろう。だが、仕舞屋近くに張り込むのは、かなり危険だった。おのぶの情夫が黒鴨一味なら、張り込みに気付かれて返り討ちに遭う恐れがあったのだ。

「長月の旦那に相談してからだな」

八吉は、隼人の考えも聞いてからにしようと思った。

6

隼人は、八吉から話を聞くとすぐに言った。

「おのぶの情夫は、黒鴨一味かもしれねえな」

この日、八丁堀の組屋敷に八吉と利助が姿を見せた。綾次は豆菊に残してきたらしい。

「あっしは、冬造か猪十じゃァねえかとみてるんでさァ」

捕らえられた島造とつるんでいた男で、いまも生きているとなると、冬造か猪十しかいない、と八吉はみたのだ。

「おれも、そうみるぜ」

「それで、どうしたものか。ともかく、旦那と相談してからと思いやしてね」

「うむ……」

めずらしいことであった。こうした探索に、八吉からどうしたらいいか相談されることなど滅多になかった。おそらく、八吉は黒鴨一味に襲われることを心配しているのだ。それも、自分だけなら隼人に相談したりしないだろう。若い利助と綾次に、一味の手が及ぶことが心配なのだ。

「おのぶの家近くに張り込んで、姿を見せた男を尾けて正体を確かめるしか手はねえが……。張り込むのは、あぶねえなァ」

隼人は虚空に視線をとめて思案していたが、

「その家は、竪川沿いだといったな」

と、顔を八吉にむけて訊いた。

「へい、竪川のすぐ近くで」

「近くに、舟をとめておける場所はなかったか」

「さァ、どうでしたか」

八吉が首をひねったとき、

「船寄《ふなよせ》がありやしたぜ、半町ほど先に」

と、利助が声を大きくして言った。

「そこから、おのぶの家は見えるか」

隼人が訊いた。

「戸口付近なら、見えると思いやすが」

「よし、繁吉の舟を使おう。舟の上から、おのぶの家を見張るんだ。まさか、舟から見張ってるとは、思わねえだろう。それに、いざとなったら、舟で逃げられる」

隼人は、見張りだけでなく、林町への行き帰りも舟を使えば、黒鴨一味に襲われることはないと踏んだ。繁吉は船宿の船頭だったので、猪牙舟が自由に使える。それに、繁吉と浅次郎がくわわれば、交替で見張ることもできるのだ。

「旦那、いい手ですぜ」

八吉がうなずいた。

「繁吉には、おれから話しておこう」

隼人は、繁吉にも油断をしないよう念を押しておきたかったのだ。

「お願《ねげ》えしやす」

八吉と利助は縁先で隼人と話していたが、さっそく、明日から張り込みやしょう、と八吉が言い残し、ふたりはその場を離れた。

その日、隼人は町奉行所に出仕しなかった。八吉たちと話していて、すこし遅くなったこともあったが、隼人は深川へ出かけて繁吉と会うつもりだったのだ。

縁先から座敷にもどり、隼人はおたえに話して羽織袴姿に着替えた。深川へは八丁堀同心であることを隠し、御家人ふうの格好で行こうと思ったのである。

隼人が着替えを終え、戸口に出ようとしたとき、おたえが慌てた様子で座敷に入ってきた。

「だ、旦那さま、天野さまが見えました」

おたえが、声をつまらせて言った。

「天野が……。何の用かな」

「わたしには分かりませんが……。お上がりになっていただきますか」

「いや、おれが出よう」

天野は隼人に伝えることがあって来たにちがいない。黒鴨一味にかかわることであろう。それに、天野は巡視の途中ではあるまいか。家に上がって、話し込んでいる暇はないはずだ。

戸口に出ると、天野が待っていた。ひとりだった。巡視のおりに従えている手先の姿はなかった。

「長月さん、おりいって話があるのですが」

天野が小声で言った。顔に憂慮の翳《かげ》がある。緊急の用ではないらしい。何か懸念があるようだ。

「歩きながら話すか」

「はい」

隼人は、戸口から通りへ出た。天野は後ろから跟《つ》いてきた。

ふたりは八丁堀同心の組屋敷のつづく通りを歩き、亀島川に突き当たった。亀島川の川面に初夏の陽射しが反射《はね》て、キラキラかがやいていた。荷を積んだ猪牙舟や茶船などが行き交っている。亀島川は魚河岸《うおがし》や米河岸のある日本橋川につながっているので、荷を積んだ舟が多いのだ。

ふたりは亀島河岸を南にむかってゆっくり歩きながら、

「天野、何かあったのか」

と、隼人が切り出した。

「手先たちが、探索に二の足を踏んでいるようなのです」

天野が困惑したような顔をして言った。

「どういうことだ」

「御用聞きやその手先が、黒鴨一味の探索をやりたがらないのです」

天野によると、小者はちがうが、岡っ引きや下っ引きたちは本腰を入れて黒鴨一味の探索にあたっていないという。

「怖がっているようです」

「そうか。寅五郎と益造が殺されたのを知って、下手に嗅《か》ぎまわると自分も殺られると思ったのだな」

　隼人は、岡っ引きたちの気持ちが分からないではなかった。八吉でさえ用心して慎重に動いているのだ。岡っ引きたちは、探索していることが一味に知れれば命を狙われると思っているのだろう。それに、黒鴨一味の様子が知れないので、よけい恐怖を感じるにちがいない。

「黒鴨一味が、岡っ引きふたりを殺したのは、探索をさせないためかもしれません」

　天野が言った。

「それも、狙いだろうな」

「嫌がっている手先を、無理に探索にあたらせるわけにもいかないし……」

　天野は語尾を濁した。

「そうだな」

　無理に探索にあたらせても、効果はないだろう。岡っ引きたちは、手札をもらっている同心の手前、探索にあたっているようなふりをするだけである。

「それに、これだけでは終わらないような気がするのです」

「まだ、懸念があるのか」

「はい、そのうち御用聞きだけでなく、われら町方同心の命を狙ってくるかもしれません。横山さんがひどく心配していました」

天野が不安そうな顔をした。天野にも、横山と同じ思いがあるのだろう。

「うむ……」

当然、岡っ引きの次は、探索にあたる町方同心の命が狙われるだろう。だが、それを懸念して探索に二の足を踏むようなことがあっては、町方同心の任務はつとまらない。

「だがな、盗賊を恐れていたのでは、われら三廻りの者は仕事ができんぞ。お奉行に、十手を返さねばならん」

隼人が足をとめて言った。

三廻りとは定廻り、臨時廻り、隠密廻りの同心のことで、盗賊をはじめとする犯罪の探索、捕縛にあたるのが任務である。

天野も足をとめ、亀島川の川面に目をむけていたが、

「長月さんの言うとおりです」

と、語気を強くし、己を鼓舞するように言った。顔から不安そうな表情が消えていた。虚空を睨むように見すえた双眸《そうぼう》に、挑むようなひかりが宿っている。

第三章　居合斬り

1

「旦那さま、今日は何をお召しになりますか」

おたえが、隼人に訊いた。いつもとちがって、声にとがったひびきがある。このところ、隼人は八丁堀ふうの格好ではなく、羽織袴姿の御家人ふうに身を変えて組屋敷を出ることが多く、それで訊いたようだ。おたえは、隼人が羽織袴姿のときは奉行所に出仕しないことを知っていて、多少不安に思うと同時に、隼人の気儘《きまま》さを非難する気持ちもあるのだろう。

「今日は、御番所（奉行所）に行くつもりだ」

「では、お支度を」

「そうだな。……ところで、おたえ、母上の具合はどうだ」

このところ、母親のおつたは腰が痛いと言って、横になっていることが多かった。

たいしたことはないと分かっていたが、訊いてみたのである。

「痛そうにしてますよ」

おたえが小声で言った。

「今晩にも、おれが腰をさすってやろう。それでも、痛みが引かなければ、医者に診《み》てもらう。……母上にな、おれが、そう言っていたと話しておいてくれ」

おつたの腰痛は持病のようだが、たいしたことはないのだ。痛い痛いと言いながら、遊山《ゆさん》には平気で出かけるし、隼人が腰をさすってやったりすると、すぐに治ったりする。隼人とおたえの気を引くために、大袈裟に言っている節《ふし》もあるのだ。

「旦那さまが母上の腰をさすって上げれば、すぐに治りますよ」

おたえが、口元に笑みを浮かべた。おたえも、おつたの腰痛はあまり心配していなかった。

隼人がおたえにつづいて座敷に入ったとき、戸口に近付く足音が聞こえた。だれか来たらしい。

「だ、旦那！　長月の旦那」

戸口で利助の声が聞こえた。声がうわずっている。何かあったらしい。

隼人は急いで、戸口へむかった。おたえも、足早に隼人の後に跟《つ》いてきた。

戸口に利助が立っていた。よほど急いで来たとみえ、顔に汗が浮き、ハアハアと荒い息を吐いていた。

「だ、旦那、また、押し込みですぜ」

利助が隼人の顔を見るなり言った。

「なに、押し込みだと」

「大伝馬町《おおでんまちよう》の戸田屋《とだや》がやられやした」

「戸田屋というと太物《ふともの》問屋か」

隼人は、大伝馬町に戸田屋という太物問屋があるのを知っていた。もっとも、店のなかに入ったことはなく、あるじの名も知らなかった。

「へい、また、ふたり殺られやした。天野の旦那も向かったようですぜ」

利助が、ここに来る途中、天野と擦れ違ったことを言い添えた。

「黒鴨か」

「まだ、分かりません」

「よし、すぐ行く。そこで、待っていろ」

そう言い置いて、隼人は座敷にとって返した。

隼人は羽織の裾を帯に挟んだ八丁堀ふうの格好をして戸口へ出てきた。おたえは、慌てた様子で隼人の後についてまわっている。

「旦那さま、お腰のものを」

おたえが、框に膝をついて隼人の愛刀の兼定《かねさだ》を差し出した。

隼人は刃引の長脇差ではなく、兼定を腰に帯びることが多かった。兼定は切れ味のよい関物《せきもの》と呼ばれる刀を鍛えたことで知られる刀鍛冶の名である。刀身二尺三寸七分。身幅のひろい剛刀でよく斬れる。刃文《はもん》は大乱《おおみだ》れ、太刀姿には大業物《おおわざもの》らしい豪壮さがある。

町方同心は、下手人の生け捕りが求められ、刃引を腰に帯びる者が多いが、隼人は斬れ味のよい刀を差していた。刃引では、いざというときに後《おく》れをとることがあるからだ。それに、生け捕りにするなら峰打ちすればいいのである。

「おたえ、家のことは頼んだぞ」

隼人は兼定を手にすると、すぐに腰に差した。

「は、はい」

おたえも、顔をひきしめている。大事件らしいことが、分かったようだ。

「母上の腰は、おれがもんでやれば治るからな」

そう言い残し、隼人は利助につづいて木戸から通りへ出た。

隼人たちは、日本橋川にかかる江戸橋を渡り、米河岸のある賑やかな入堀沿いの通りを北にむかい、大伝馬町へ出た。

大伝馬町の表通りを両国方面にしばらく歩いたところで、

「旦那、あれが戸田屋ですぜ」

と言って、利助が前方を指差した。

板壁や柱が黒漆喰《しっくい》塗りのいかにも堅牢《けんろう》そうな店だった。大伝馬町の表通りは木綿《もめん》を扱う大店が多く、黒漆喰塗りの店舗が何軒もあった。そうしたなかで、戸田屋は中堅どころの店である。

店の大戸はしまっていたが、脇の二枚があいていて、そのまわりに人だかりができていた。ほとんどが通りすがりの野次馬らしいが、岡っ引きと下っ引きの姿もあった。そのなかに、八吉と綾次の顔もあった。八吉は隠居した身なので、店のなかに入るのは遠慮しているのだろう。

隼人と利助が戸口に近付くと、八吉が、

「ごくろうさまです」

と低い声で言い、ちいさく頭を下げた。隼人から手札をもらっていたときと同じ態度である。顔には、腕利きの岡っ引きらしいひきしまった表情があった。

「八吉、いっしょに入れ」

隼人はそう言って、戸口から店に入った。

隼人の後に、利助、八吉、綾次の三人がついてきた。

店のなかは薄暗かった。土間の先に売り場があり、大勢の男たちが集まっていた。岡っ引きや下っ引きたちだけでなく、奉公人の姿もかなりあった。天野と横山も来ている。

畳敷きの売り場の左手が帳場になっていた。天野と横山は、帳場格子の前に立っていた。ふたりの顔がこわばっている。

天野たちの脇に、手代らしい男が蒼ざめた顔でひかえていた。土間からも、男が顫えているのが見てとれる。

その男の足元に、寝間着姿の男がひとり横たわっていた。男の周辺の畳は、血でどす黒く染まっている。殺されたひとりらしい。

「長月さん、殺された番頭の仙蔵《せんぞう》です」

天野が足元の死体に目をむけて言った。

隼人は横たわっている男のそばに近寄ったが、八吉たち三人は土間に残った。天野と横山がいたので、上がりづらかったのであろう。

「首だな！」

仙蔵は首を斬られていた。喉仏の下から耳の下にかけて斜に斬り上げられている。刀傷である。

「黒沢屋の番頭と同じ傷だ。下手人は、同じとみていいな。となると、押し入みは黒鴨一味か」

仙蔵と黒沢屋の番頭を斬った下手人が同じであれば、この店に押し入った賊は、黒鴨一味ということになる。

「手代の嘉次郎《よしじろう》が、仙蔵が斬られたときの様子を見ていたようです」

そう言って、天野が傍らに立っている男に目をむけた。嘉次郎という男らしい。

2

「嘉次郎か」

隼人が身を顫わせて立っている男に訊いた。

「は、はい……」

「番頭が斬られたところを見たそうだな」

「見ました」

嘉次郎が、震えを帯びた声で話し始めた。

昨夜、子ノ刻(午前零時)を過ぎたころ、一階の手代部屋に寝ていた嘉次郎は尿意をもよおして目を覚ましたという。そして、廊下に出て帳場の奥にある厠へむかった。厠に入って用を足していたとき、突然、店の戸口で、バキッという刃物で板を割るような音が聞こえた。

……何だろう、いまごろ。

嘉次郎は恐怖を覚えたが、厠から出ると足音を忍ばせて帳場の方へむかった。店の土間で、明りが見えた。闇を丸く照らし出していた。龕灯である。その明りのなかに、何人かの黒い人影が映し出されていた。

……黒鴨一味だ!

と、嘉次郎は察知した。本町の黒沢屋に押し入った黒鴨一味の噂を耳にしていたのである。

嘉次郎は、激しい恐怖に襲われた。黒鴨一味が、黒沢屋の番頭と手代を斬り殺したことを聞いていたので、見つかったら命はないと思ったのだ。

嘉次郎はその場から逃げようと思った。だが、体が顫え出して足が思うように動かない。

そのとき、賊のひとりが帳場に方へ近付いてきた。

……逃げられない！

と、嘉次郎は思った。

嘉次郎は、咄嗟《とっさ》に、帳場の出入り口近くに積んであった太物を入れる木箱と板壁の間の狭い隙間にもぐり込んだ。

賊の足音がすぐそばまで近付いてきたが、嘉次郎には気付かないようだった。まさか、そんな場所に人が隠れているとは思わなかったのだろう。

嘉次郎は、木箱と板壁の間に身を隠したまま身を顫わせていた。どのくらいの時が過ぎたのだろうか。嘉次郎は恐怖のために時間の意識もなかった。

と、売り場で、荒々しい足音と男の喉のつまったような悲鳴が聞こえた。賊が店のだれかを連れてきたらしい。

……番頭、内蔵の鍵はどこだ。

くぐもった声が聞こえた。

嘉次郎は、その声で売り場の状況を察知した。賊が番頭の仙蔵を連れてきて、店の内蔵をあけさせようとしているのだ。

……ちょ、帳場机の後ろの、小箪笥に。

仙蔵が声を震わせて言った。

すぐに、帳場机の後ろにまわり込む足音が聞こえた。賊のひとりが、小箪笥の引き出しをあけて内蔵の鍵を取り出そうとしている。

……頭《かしら》と藤沢《ふじさわ》の旦那は、ここにいてくだせえ。

低い声で、賊のひとりが言った。

つづいて、何人かの足音が聞こえた。足音は店の奥にむかっている。売り場から廊下を通って、奥の内蔵にむかったらしい。

それから、どれほどの時が過ぎたのだろうか。嘉次郎には時間の感覚がなかったので、ただひどく長い時間が過ぎたように感じただけである。

廊下の奥で足音がし、突然、ギャッ、という叫び声が聞こえ、つづいて何か倒れるような音がした。

「か、厠に起きた丁稚の佐吉《さきち》が、押し込みに殺されたのです」

嘉次郎が、声を震わせて言うと、

「その丁稚は、廊下に倒れている。内蔵からもどってきた一味と、廊下で鉢合わせしたらしい」

と、横山がけわしい顔で言い添えた。

「それからどうした」

隼人が先をうながした。

「てまえは、怖かったのですが、木箱の隙間から売り場に目をやりました」

そう言って、嘉次郎がまた話しだした。

奥からもどってきた賊は五人だった。ふたりが千両箱を担いでいた。内蔵から運び出したらしい。売り場に集まった賊は、総勢七人だった。それに、番頭の仙蔵の姿もあった。

嘉次郎がそこまで話したとき、

「七人のなかに武士はいたか」

と、隼人が訊いた。

「武士かどうかはっきりしませんが、袴姿で刀を差した者がひとりいました。あとは、黒鴨のような格好に見えましたが、龕灯のひかりのなかなので……」

嘉次郎が語尾を濁した。はっきりしないのかもしれない。

「先をつづけてくれ」

「はい、売り場に集まったとき、ひとりの男が、番頭はどうする、と訊きました。すると、帳場に残っていたひとりが、この男はおれたちの顔を見ていると言ったのです」

　さらに、嘉次郎が話をつづけた。

　牢人体の男が、仙蔵の前にまわり込み、

　……ここは、おれの出番だな。

と、くぐもった声で言った。

「……た、助けて！」

　仙蔵がひき攣《つ》ったような声を上げて逃げようとしたが、後ろにいたふたりの男が、仙蔵の肩を押さえつけた。

　すると、牢人は刀の柄に右手を添え、腰を沈めて身構えた。次の瞬間、シャッ、という刀身の鞘走る音がし、仙蔵の首がかしいだ。

　仙蔵の首から血が噴き出すのと、後ろにいたふたりがさらに後ろへ跳ぶのとが同時だった。

　仙蔵は血を撒き散らしながら、腰から沈むようにその場に倒れた。

「待て」

　と、隼人が声をかけて、嘉次郎の話をとめた。

「おまえは、牢人が番頭を斬るところを見たのだな」

「み、見ました……」

嘉次郎が、怖気《おぞけ》をふるうように身を顫わせた。

「そのときの牢人は、どんなふうに身構えた」

隼人は、嘉次郎の話から尋常な構えではないとみたのだ。

「右手で柄を握り、腰を沈めたように見えましたが……」

「やって見せてくれ」

「こ、こんなふうに、見えましたが」

嘉次郎は困惑したような顔をしたが、右手で刀の柄を握る格好をし、腰を沈めて身構えて見せた。

「居合だ！」

思わず、隼人が声を上げた。

牢人は居合を遣ったのだ。居合腰に沈めて、抜刀体勢をとったのである。牢人は抜き打ちざまに逆袈裟に斬り上げ、仙蔵の首を斬ったにちがいない。

「寅五郎と松蔵も、居合で仕留められたのだ。それも、手練《てだれ》とみていい」

下手人は、抜きつけの一刀で首を斬って仕留めていた。切っ先が、寅五郎たち四人の首筋をみごとにとらえている。下手人は居合の遣い手とみていいようだ。

「すると、黒鴨一味に、居合を遣う牢人がいることになりますね」

天野が言った。

「その牢人は、藤沢という名のようだ」

嘉次郎は、賊のひとりが、藤沢の旦那と呼んだのを耳にしていた。同じ町人の盗人仲間を藤沢の旦那とは呼ばないはずである。そのことからも、藤沢が牢人とみていいだろう。

それから、隼人は廊下で殺された丁稚の佐吉の検屍をした。佐吉は、刃物で胸を刺されていた。おそらく匕首であろう。黒鴨一味のひとりに刺し殺されたらしい。

佐吉の検屍がすむと、隼人は店のあるじの伝右衛門《でんえもん》から話を訊いた。二階の奥の寝間で寝ていた伝右衛門が目を覚ましたのは、廊下で殺された佐吉の絶叫を聞いたときだという。

伝右衛門は恐怖で身が竦《すく》み、寝間から出られなかった。隣の部屋に寝ていた家族も、そのまま部屋にとどまったが黒鴨一味は、二階に上がってこなかった。

伝右衛門が階下に下りてきたのは、黒鴨一味が立ち去り、払暁《ふつぎょう》ちかくになって店の奉公人たちの声が売り場で聞こえてからだった。

また、伝右衛門の話によると、一味に奪われた金は千五百両ほどだという。内蔵の千両箱ごと持ち出されたのである。

一味の侵入方法も分かった。黒沢屋と同じように、表戸のくぐり戸を刃物で割って、さるをはずしたらしい。嘉次郎が厠で耳にしたのは、くぐり戸を刃物で割る音であった。

隼人はひととおり賊の残した痕跡《こんせき》を調べると、

「念のために、近所で聞き込んでみてくれ」

と、八吉たち三人に指示した。黒鴨一味を目にした者がいるかもしれないと思ったのである。

3

繁吉と浅次郎は、竪川の船寄にとめてある猪牙舟のなかにいた。菅笠《すげがさ》をかぶって顔を隠し、半町ほど先にある仕舞屋の戸口に目をむけていた。おのぶの住む家を見張っていたのである。

繁吉たちが、この場でおのぶの家を見張るようになって三日目だった。一日中見張るわけではなく、陽が西の空にかたむいてから辺りが暮色に染まるまでの一刻（二時間）ほどの間である。おのぶの旦那が家に姿を見せるとすれば、夕刻であろうと見当をつけて、そのころだけ見張ることにしたのだ。それに、長時間舟のなかにいると、近所の者が不審に思うからである。

「親分、姿を見せやせんね。……おのぶの旦那は来やすかね」

浅次郎があくびを嚙《か》み殺して言った。

浅次郎は八百屋の倅で、ふだんは店を手伝っていた。まだ、顔に少年らしさの残っている若者である。

そろそろ暮れ六ツ（午後六時）であろうか。陽は家並の向こうに沈み、西の空は夕焼けに染まっていた。

まだ、上空には昼間の青さが残っていたが、岸辺の群生した葦《あし》の陰には淡い夕闇が忍び寄っている。

「来るさ。妾のところに来ねえ情夫《おとこ》がいるかい」

繁吉が言った。

「そりゃァそうだ。……でも、今日で六日目ですぜ」

仕舞屋を見張り始めて六日目だが、八吉たちと交替なので、浅次郎たちは三日目ということになる。

「辛抱《しんぼう》だよ。御用聞きはな、なにより辛抱がでえじよ」

「分かってやすよ」

浅次郎が、口をあけて大《おお》あくびをした。

そのときだった。繁吉が菅笠の端をつかんで持ち上げ、仕舞屋を見すえた。

「おい、来たぜ」

繁吉が小声で言った。

男がひとり、仕舞屋の戸口に近付いていく。男は縞柄の小袖を着流していた。遠方ではっきりしないが、雪駄履きのようだ。中背でほっそりした男である。

男は仕舞屋の戸口に立つと、通りの左右に顔をむけてから引き戸をあけた。

「浅、行くぜ」

繁吉が浅次郎に声をかけ、腰を浮かせた。

「へい」

繁吉と浅次郎は舟から船寄に下りると、短い石段を駆け上がって川沿いの道へ出た。

ふたりは小走りに仕舞屋にむかった。すでに、男は家のなかに入っている。

「いいか、音をたてるなよ」

そう念を押してから、繁吉は足音を忍ばせて板塀の陰に身を寄せた。浅次郎も繁吉の後についてきて身を隠した。浅次郎の瞠いた目が、板塀の陰の薄闇のなかで白く浮き上がったように見えている。

ふたりは、息を殺して聞き耳を立てた。

家のなかから障子をあける音がし、つづいてくぐもった男の声が聞こえた。はっきりしなかったが、おのぶ、と呼んだ声だけは聞き取れた。

つづいて、女の声が聞こえた。おのぶらしい。おのぶの声には甲高《かんだか》いひびきがあり、ところどころ聞き取れた。

しばらく、聞き耳を立てていると、

……やっと、来てくれたね。……今夜は、帰らないんでしょうね。……一杯やるかい。……イのさんがいないと、寂しいんだよ……。

などというおのぶの声が、繁吉の耳にとどいた。

どうやら、おのぶは情夫を、イのさん、と呼んでいるらしい。

繁吉と浅次郎は、小半刻（三十分）ほど板塀に身を寄せていたが、その場から離れて通りにもどった。

「今日は、このまま帰《けえ》ろう」

船寄の方に歩きながら、繁吉が言った。

おのぶと男のやり取りから、今夜男は泊まるらしいことが分かった。一晩中見張っていても、無駄骨である。

「明日の朝、出直しやすか」

浅次郎が訊いた。

「そうしよう。せっかく、男の尻尾をつかんだんだ。手放すわけにはいかねえよ」

繁吉が夕闇を睨むように見すえて言った。

翌朝、ふたりはまだ暗いうちに、繁吉の漕ぐ舟で竪川にある船寄に来た。そして、舫《もや》い杭《ぐい》に舟をつなぐと、船寄から通りへ出る石段に屈んで身を隠し、仕舞屋の戸口に目をむけた。

そろそろ明け六ツ（午前六時）だった。東の空は茜色に染まり、上空は青さが増してきていた。夜陰につつまれていた家々や木々は、その輪郭と色彩を取り戻している。

いっときすると、明け六ツの鐘が鳴り、通りのあちこちから表戸をあける音が聞こえだした。江戸の町が動きだしたのである。

竪川沿いの通りに、ちらほら人影が見えた。朝の早い出職《でしょく》の職人やぼてふりなどが、仕事に出かけるらしい。

「親分、まだ、出てこねえ」

浅次郎が、焦ったような声で言った。

「まだだろうよ。昨夜、じっくり楽しんだはずだ。そう早く、起きられねえよ。慌てることたァねえ。そのうち出てくる」

昨夜の男は、朝のうちに出てくる、と繁吉はみていた。

それからいっときすると、朝陽が家並の上に顔を出し、やわらかな陽射しで町並をつつんだ。

「出てきた!」

浅次郎が声を上げた。

昨夜の男が、女といっしょに仕舞屋の戸口に姿を見せた。女はおのぶであろう。男を見送りに出てきたにちがいない。

男は戸口で女と何やら言葉を交わした後、川沿いの通りへ出た。繁吉たちが身をひそめている船寄の方に近付いてくる。

「浅、舟に乗るんだ」

ふたりは急いで舟にもどり、菅笠をかぶった。繁吉は艫《とも》に腰を下ろし、莨《たばこ》入れから煙管《キセル》を取り出して、口にくわえた。一休みしているように見せるのである。

男は船寄に目をむけたが、何の不審も抱《いだ》かず、そのまま通り過ぎた。大川の方へむかっていく。

繁吉と浅次郎は、男の後ろ姿が半町ほど離れたところで舟を下り、川沿いの通りへ出て男の跡を尾け始めた。

4

繁吉と浅次郎は、男の跡を尾けていく。

尾行は楽だった。竪川沿いの通りは行き来する人の姿が多く、人影に身を隠すようにして歩けば、男の目にとまることはなかった。

男は竪川にかかる一ツ目橋を渡ると、北にむかい回向院の裏手を通って大川端へ出た。そのまま川上へ向かって歩いていく。

「やつは、どこまで行く気だい」

繁吉が歩きながらつぶやくと、

「あっしの家の方へ行くようですぜ」

と、浅次郎が言った。浅次郎の家は本所北本町なので、男が向かっている先にある。

男は御竹蔵の前を通り、大名の下屋敷のつづく道を過ぎて掘割にかかる橋を渡った。そこは石原町で、道沿いには町家が軒をつらねていた。

「やつは、おれの家の近くに住んでるのかもしれねえ」

浅次郎がつぶやいた。石原町を過ぎてしばらく川上にむかえば、北本町である。だが、男は北本町も通り過ぎた。

やがて、男は竹町に入った。竹町は対岸の浅草駒形《こまがた》町とを結ぶ渡し場があることで知られた町である。

竹町に入って間もなく、前を行く男が右手の路地におれ、その姿が見えなくなった。

繁吉と浅次郎は走り出した。せっかく、ここまで苦労して跡を尾けてきたのに、ここで見失いたくなかったのである。

まがり角まで来て路地の先に目をやると、男の後ろ姿がすぐ近くに見えた。繁吉たちが走ったので、男との間がつまったらしい。男は雪駄の音をひびかせながら、路地を歩いていく。

繁吉たちは男の後ろ姿が半町ほど離れるのを待ってから、ふたたび跡を尾け始めた。

そこは裏路地で、小体な店や表長屋などがごてごてつづいていた。狭い路地だが、人影はすくなくなかった。ぼてふり、風呂敷包みを背負った行商人、長屋の女房らしい女、娘のふたり連れなどが、行き交っている。

繁吉たちが路地に入って二町ほど歩いたとき、ふいに、前を行く男が足をとめた。

そこは、仕舞屋の前だった。

　繁吉たちは、慌てて路地沿いの店の脇に身を寄せた。咄嗟に、身を隠したのである。

　男は仕舞屋の戸口の前に立ち、路地の左右に目をやってから、引き戸をあけてなかへ入った。

「やつの塒らしいぜ」

　繁吉が小声で言った。

「ここにも、女を囲ってるんですかね」

「まさか、そんなことはあるまい」

　繁吉は店の脇から路地に出た。

「ともかく、家の前まで行ってみるか」

　繁吉たちは通行人にまぎれ、男が入った家の前まで来た。そして、家の戸口に身を寄せて耳を立てながらゆっくりと歩いた。

　家のなかから男の声が聞こえた。何か話しているらしい。男ふたりで話していることは、分かったが、内容はまったく聞き取れなかった。

　繁吉たちは、家の前で足をとめるわけにいかなかったので、そのまま通り過ぎた。

そして、一町ほど歩き、路地沿いに空き地があったので、その前で足をとめた。

「親分、どうしやす」

浅次郎が仕舞屋を振り返って訊いた。

「昼めしには、まだ早《はえ》えな」

陽は高かったが、まだ昼前である。昼めしにするには、すこし早いようだ。

「近所で聞き込んでみるか。昼めしは、その後だな」

繁吉は路地に目をやった。

「親分、あそこにある瀬戸物屋はどうです」

浅次郎が路地の先を指差した。
五、六軒先に、小体な瀬戸物屋があった。店先に置かれた台に茶碗、皿、鉢などが並んでいる。客の姿はなく、小柄な男がはたきをかけていた。店の親爺らしい。
「あの男に、訊いてみるか」

繁吉たちは、瀬戸物屋に足をむけた。

繁吉は店先ではたきをかけていた男に近付くと、

「ちょいと、訊きてえことがあるんだがな」

と、声をかけた。浅次郎は、繁吉の後ろに殊勝な顔をして立っている。ここは、繁吉にまかせるつもりなのだろう。

「なんです」

親爺が渋い顔をして、瀬戸物の埃《ほこり》を払っていたはたきの手をとめた。繁吉たちを、客と思わなかったからだろう。

「この先に、仕舞屋があるな」

繁吉が指差した。

「ありやすが」

「あの家に、だれが住んでいるか知っているか」

「知ってやすが、旦那は親分さんですかい」

親爺が上目遣いに繁吉を見ながら訊いた。

「そうだが、ちょいと、探っている男がいてな。そいつに似た男が、あの家に入るのを見たのよ」

「あの家に住んでるのは、伊勢次《いせじ》ってえ男ですよ」

親爺の顔に、嫌悪《けんお》するような表情が浮いた、伊勢次という男を嫌っているようだ。

「伊勢次には、女房子供がいるのかい」

「独《ひと》り者《もの》でさァ」

「それで、生業《なりわい》は？」

「遊び人でさァ。いったい、何をして暮らしてるんですかね。働いてるのを見たことがありませんや」

親爺によると、伊勢次は昼間からぶらぶら遊んでいるという。家を出るのも、陽が西の空にまわったころが多いそうだ。

「近所の者は、賭場に出かけるんじゃァねえかと噂してやすよ。なかには、盗人にちげえねえと言う者もいるんでさァ」

そう言って、親爺が顔をしかめて見せた。

「伊勢次ってえやつは、ほっそりした男かい」

繁吉は、おのぶの情夫の体軀《たいく》を思い浮かべて訊いた。

「ちがいますよ。がっちりした体軀で、怒り肩ですがね」

「おかしいな。家に入るのを見た男は、ほっそりしたやつだったがな」

「親分さん、その男はちかごろ伊勢次の塒に転がり込んできたんですよ」

親爺の話だと、その男は三月《みつき》ほど前から伊勢次の家に寝泊まりするようになったという。

「そいつの名は？」

「なんてえ名だったか……。一度、店の前で伊勢次が呼んだのを聞いたんだが、思い出せねえ」

親爺は首をひねった。

「猪之吉《いのきち》か伊助《いすけ》てえ名じゃァねえか」

繁吉は、おのぶがイのさんと呼んでいたのを思い出して、そう訊いたのである。

「思い出した。たしか、猪十だ」

親爺が手をたたいて言った。

「なに！　猪十だと」

思わず繁吉の声が大きくなった。

猪十は、隼人から聞いていた黒鴨一味のひとりである。

……やっと、尻尾をつかんだぜ。

繁吉は胸の内で声を上げた。黒鴨一味のひとり、猪十の隠れ家が知れたのである。

それに、もうひとりの伊勢次も黒鴨一味とみていいのではあるまいか。

「親爺、邪魔したな」

繁吉は親爺に礼を言って、店先から離れた。

「親分、どうしやす」

路地を歩きながら、浅次郎が訊いた。声に昂《たかぶ》ったひびきがあった。浅次郎も、猪十が黒鴨一味のひとりと知っていたのだ。

「長月の旦那に、知らせるんだ」

繁吉は、明日にも八丁堀へ出かけようと思った。

5

「長月の旦那、猪十の塒が知れやしたぜ」

繁吉が、家の者に聞こえないように声をひそめて言った。

八丁堀の組屋敷だった。繁吉と浅次郎は朝早く猪牙舟で日本橋川の桟橋まで来て、隼人の住む組屋敷に駆け付けたのである。

隼人は出仕前だったので、繁吉たちを縁先にまわして話を聞くことにしたのだ。

「知れたか、どこだ」

すぐに、隼人が訊いた。

「本所竹町でさァ」

繁吉が、林町のおのぶの家を見張り、そこにあらわれた男を尾けたことから竹町の仕舞屋に入ったことまでをかいつまんで話し、

「その家は伊勢次ってえ男の塒でしてね。そこに、猪十はもぐり込んでいたんでさ

ア」

　と、言い添えた。

「伊勢次という男だが、生業はなんだ」

「それが、伊勢次も遊び人らしく、仕事は何もしてねえようなんでさァ」

「伊勢次も、黒鴨一味のひとりではないかな」

　隼人は、伊勢次もただの遊び人ではないと思ったのだ。

「あっしも、そうみやした」

「でかしたぞ。繁吉、浅次郎、黒鴨一味のふたりの尻尾をつかんだわけだ」

　隼人がふたりに声をかけると、

「ヘッヘへ……。それほどでもねえや」

　と、浅次郎が照れたような顔をして言った。繁吉は苦笑いを浮かべただけで、何も言わなかった。

「それで、八吉たちにも話したのか」

「へい、昨夜のうちに八吉親分には、話しておきやした」

　繁吉によると、八吉たちと交替でおのぶの家を見張ることになっていたので、昨日、竹町を出た足で八吉の家にむかったという。

「八吉は、何と言っていた」

「長月の旦那のお指図を待ってから動くと言ってやした。……あっしらも、そのつもりで来たんでさァ」

そう言って、繁吉が隼人に目をむけた。

「竹町の埘を襲ってふたりを捕らえ、仲間のことを吐かせる手もあるが……」

隼人は虚空に視線をとめて、考えをめぐらせた。

……いま、ふたりを捕らえると、他の仲間は、それぞれの隠れ家から姿を消すだろう。

と、隼人は思った。

奪った金を持って江戸から逃走するようなことになれば、一味を捕らえるのはむずかしくなる。

「すこし泳がせておくか」

隼人が顔を上げて言った。

「猪十と伊勢次を尾けるんですかい」

繁吉が顔をひきしめた。

「そうだ。他の仲間の隠れ家を知りたい」

隼人は、猪十と伊勢次のどちらかが、黒鴨一味の他の仲間と接触するだろうとみた。そうすれば、仲間の塒をつかむことができる。

「ただ、用心して、仲間と会わないかもしれんな」

「へえ」

「それでな、ふたりの身辺も探ってくれ。喧嘩でも博奕でも何でもいい。捕縛できるような悪事をつきとめてくれ。ふたりのうちどちらかを、黒鴨一味とはかかわりのない咎で捕らえたことにする手もあるのだ」

喧嘩や博奕の咎で捕らえられたことが仲間たちに分かれば、すぐに隠れ家から逃走することはないはずである。

「承知しやした」

繁吉が言い、浅次郎がうなずいた。

「八吉たちには、おれから話す」

隼人は、今日のうちにも豆菊へ行こうと思った。

「それじゃァ、あっしらは、これで」

そう言い残し、繁吉と浅次郎が縁先から離れようとすると、

「待て」

と、隼人が声をかけた。

「いいか、用心しろよ。おめえたちが、隠れ家を見張っていると知ったら、やつら、まちがいなく命を狙ってくるぞ」

「へい、用心しやす」

繁吉と浅次郎が、顔をひきしめてうなずいた。

その日、隼人は奉行所に出仕し、同心詰所にいた天野にこれまでの探索の様子を訊いた後、猪十と伊勢次という男の塒が分かったことを話した。

「さすが、長月さんだ。……すぐに、ふたりを捕らえましょう」

天野が、意気込んで言った。

「いや、しばらく泳がせておくつもりだ」

隼人は、他の仲間の居所をつかむか、別の咎をつきとめるか、いずれにしろ仲間たちの逃走を防げる状況になってから、ふたりを捕らえたいと話した。

「分かりました」

天野も隼人の話を聞いて納得したようだった。

隼人は奉行所を出ると、紺屋町に足をむけた。そして、豆菊に立ち寄り、八吉に繋吉たちと手分けして猪十と伊勢次を尾行するよう指示した。

「八吉、油断するなよ」

　隼人が念を押すと、

「旦那も用心してくだせえ。黒鴨のやつら、いざとなりゃァ八丁堀の旦那だって狙ってきやすぜ」

　八吉が顔をけわしくして言った。

「分かっている。おれも油断はしねえよ」

　そう言い置いて、隼人は豆菊を出ると、両国の方へ足をむけた。まだ、午前中だったので、本所石原町まで足を延ばすつもりだった。

　石原町には、野上《のがみ》道場があった。道場主の野上孫兵衛《まごべえ》は、隼人が若いころ修行した直心影流の団野《だんの》道場の高弟だった男である。

　野上は、十数年前に団野道場を出て、石原町に町道場をひらいたのである。隼人は八丁堀同心になったころから野上と親交があり、いまでも剣術のことで何かあると相談していた。

　隼人は、居合を遣う藤沢という牢人のことが気になっていた。尋常な遣い手ではない。しかも、抵抗しない町人さえ平気で斬る残忍さを持っているようだった。隼人は、すこしでも早く牢人を捕らえたかったのだ。

野上は江戸の剣壇にも明るかったので、居合の達者である藤沢のことを知っているかもしれない。それで、野上に藤沢のことを訊いてみようと思ったのだ。

6

野上道場から、気合、木刀を打ち合う音、床を踏む音などが聞こえてきた。何人かの門弟が、木刀を遣って稽古《けいこ》をしているようだ。

隼人は道場の戸口に立つと、

「おたのみもうす！　どなたか、おられぬか」

と、道場にむかって声を張り上げた。大きな声でないと、稽古の音に掻き消されてしまうのだ。

すぐに、正面の板戸があき、稽古着姿の若侍が姿を見せた。顔が紅潮し、額に汗が浮いていた。稽古をしていたところらしい。

「長月さまですか」

若い門弟が、額の汗を手の甲で拭《ぬぐ》いながら言った。隼人は若い門弟を知らなかったが、門弟は隼人のことを知っているようだった。隼人が道場に来たときに見かけ、他の門弟に聞いていたのであろう。

「野上どのは、おられるかな」

「はい。どうぞ、上がってください」

「いま、稽古中ではないのか」

隼人は稽古中に道場内に入っていくのは気が引けたのだ。

「いえ、残り稽古です。六人で、型稽古をしているのです」

型稽古というのは、ふたりが仕太刀（学習者）と打太刀（指導者）に分かれて、木刀で打ち合う。その際、決められたとおりに太刀をふるい、流派に伝えられている刀法を身につけるのである。

「それでは、上がらせてもらうかな」

残り稽古なら、道場に入ってもかまわないだろう、と隼人は思った。

道場内では、四人の門弟が木刀を手にして向かい合っていた。直心影流の型稽古に取り組んでいる。他のひとりは、道場の隅に端座し、稽古の様子を見ていた。

野上は正面の師範座所の脇に立って型稽古の様子を見ていたが、隼人の姿を目にすると、足早に近付いてきた。

「長月、めずらしいな。久しぶりに稽古に来たか」

野上が相好をくずして言った。

野上は偉丈夫だった。すでに、五十代半ばで、鬢や髷には白髪もあったが、老いた様子は微塵《みじん》もなく、全身に活力がみなぎっていた。首が太く、胸が厚い。どっしりとした腰をし、剣の達人らしい威風をただよわせていた。

「いえ、稽古に来たのではないのです」

隼人が苦笑しながら言った。

「なんだ、稽古ではないのか。……すると、捕物の話だな」

「はい」

隼人は道場内に目をやった。四人はまだ型稽古をつづけていたが、他のふたりは隼人に目をむけている。

「よし、稽古はこれまでだ。残り稽古なのでな、いつやめてもかまわんのだ」

野上は、門弟たちに向かって、稽古を終えるよう、声を上げた。

すると、型稽古に取り組んでいた四人と稽古を見ていたひとりが、野上に挨拶をして道場に併設されている着替えの部屋へ引き上げた。着替えの部屋といっても、防具が置いてある狭い板張りの小部屋である。

型稽古をしていた門弟のなかで、ひとりだけその場に残った。師範代の清国新八郎《きよくにしんぱちろう》である。清国は二十代後半だった。二年ほど前から、師範代として門弟たちに指南していたのだ。野上道場では、道場主に次ぐ遣い手である。長身で痩せていたが、鍛え抜かれた体は鋼《はがね》のような筋肉でおおわれていた。

野上には妻子がいなかった。それで、いずれ清国を養子にし、道場を継がせるつもりでいたのだ。そうしたこともあって、隼人と話すときも、野上は清国をそばにいさせることが多かった。

「野上どのは、本町の黒沢屋と大伝馬町の戸田屋に、押し込みが入った話を聞いていますか」

隼人が切り出した。

「聞いている。黒鴨と呼ばれている一味だそうだな」

どうやら、野上は黒鴨一味の噂も耳にしているようだ。

「はい、その黒鴨一味のなかに、遣い手の牢人がひとりいるらしいのです」

「それで？」

「その男、居合を遣うようです」

「居合とな」

野上が驚いたような顔をした。脇に座している清国も、興味をひかれたような顔をして隼人に目をむけている。

「それも、かなりの遣い手のようです。すでに、何人か斬っていますが、いずれも抜きつけの一刀で、首筋を斬って仕留めています」

「なに、首筋を……」

野上の双眸が、切っ先のようにひかった。隼人の話を聞いて、尋常な遣い手ではないと察知したようだ。

「その男は藤沢という名のようですが、野上どのは、ご存じありませんか」

「藤沢か……」

野上は虚空に目をとめて、記憶をたどるような表情を浮かべていたが、

「藤沢甚左衛門《じんざえもん》かもしれんな」

と、低い声で言った。

「その男を、ご存じですか」

隼人が身を乗り出すようにして訊いた。

「い、いや、名を聞いているだけだ。おれは、会ったこともない」

「ともかく、ご存じのことを話してください」

隼人は、藤沢をたぐる手掛かりが欲しかったのだ。

「本郷に、田宮《たみや》流居合を指南する道場があったのを知っているか。たしか、道場主は松林佐之助《まつばやしさのすけ》どのだ」

「いえ、知りませんが」

「まァ、知らんだろうな。松林どのは数年前に亡くなり、その後、道場はとじられたままだからな」

野上によると、藤沢は松林道場で師範代をしていたという。道場主の松林と並ぶ居合の遣い手だったが、牢人ということもあるのか、素行が悪く岡場所や賭場などにも出かけることがあったそうだ。藤沢は遊ぶ金を得るために他道場の門弟から脅し取ったり、ときには商家に因縁《いんねん》をつけて強請《ゆす》ったりしたという。

「松林どのが亡くなった後、藤沢は道場を出たようだ。その後、どうしているか、おれも聞いてないいな」

野上は、清国に目をやり、おまえはどうだ、と訊いた。

「わたしも、聞いていません」

清国が答えた。

「おれが知っているのは、そこまでだな」

「野上どの、松林道場は本郷のどのあたりにあったのですか」

隼人は、松林道場の門弟だった男から話を聞けば、藤沢の様子が知れるのではないかと思ったのだ。

「菊坂町だったかな。前田家のお屋敷の近くだと聞いた覚えがあるが」

本郷に加賀百万石、前田家の上屋敷があった。その屋敷の西方に、菊坂町がある。

「菊坂町ですか」

隼人は、菊坂町で松林道場のことを訊いてみようと思った。

つづいて口をひらく者がなく、道場内が沈黙につつまれたとき、

「長月、藤沢と立ち合うつもりか」

と、野上が訊いた。

「そうなるかもしれません」

隼人は、藤沢と立ち合うこともあるのではないかと思った。

「藤沢は手練だぞ。それに、居合で何人も斬ったとなると、なおのこと強敵だ。……居合は、真剣でこそ腕を発揮できる刀法だからな」

野上がさらにつづけた。

「長月、居合と立ち合うときは、間合が勝負だ。相手が抜き付けの間合に入る前に、先《せん》をとって仕掛けるのだ」

「分かりました」

　隼人は顔をけわしくしてうなずいた。

7

　石原町に出かけた翌日、隼人は奉行所に出仕せず、組屋敷を出ると本郷に足をむけた。藤沢のことを聞き込んでみようと思ったのである。

　隼人は日本橋を渡り、中山道を北にむかって湯島から本郷へ出た。湯島の聖堂の裏手を過ぎ、しばらく歩くと前方右手に加賀前田家の上屋敷が見えてきた。その屋敷の前を左手におれると、菊坂町に出られる。

　隼人は菊坂町の町家のつづく通りを歩きながら、町道場らしき家屋を探したが、まったく見当たらなかった。

　……だれかに訊いた方が早いな。

　そう思い、隼人は通り沿いにあった下駄屋に立ち寄って、あるじに松林道場のことを訊いてみたが、まったく知らないようだった。

　さらに、隼人は通り沿いの店に二軒立ち寄って話を聞いたが、松林道場を知っている者はいなかった。

隼人は、町人ではなく武士に訊いてみようと思い、話の聞けそうな武士を探していると、前方からひとりの武士が歩いてくるのが目に入った。供はいなかった。羽織袴姿で二刀を帯びている。軽格の御家人であろうか。

武士がしだいに近付いてきた。三十がらみであろうか、丸顔で細い目をしていた。ひとのよさそうな男である。

「しばし」

隼人が武士に声をかけた。

武士は驚いたような顔をして足をとめ、隼人に訝しそうな目をむけた。

「お尋ねしたいことがござる」

「…………」

武士は警戒するような目で隼人を見た。

「足をおとめするほどのことではないので、歩きながらお話しさせていただきたいが」

そう言って、隼人は武士の脇にまわった。

「何が、訊きたいのでござるかな」

武士は、ゆっくりと歩きだした。まだ、顔には警戒の色がある。

「この辺りに松林道場があったと聞いて来たのだが、どこにあったか、ご存じではないですか」

「松林道場でござるか……」

武士は首をひねった。

「松林どのは、居合を指南されていたはずです」

「居合を……。ああ、そういえば、この先に居合を指南する道場がありました。ですが、数年も前のことですよ。いまは、道場は取りつぶされ、建て替えて足袋屋になっているはずです」

武士によると、二町ほど行った先に稲荷《いなり》があるので、その脇を右手におれれば足袋屋はすぐに分かるという。

「それがしは、これにて」

武士はそう言い置いて、急に足を速めた。

隼人は離れていく武士の背を見送った後、武士に教えられたとおり、稲荷の脇を右手におれた。

足袋屋はすぐに分かった。店の軒下に足袋の看板が下がっていたのである。

隼人は、足袋屋や近所の店に立ち寄って話を聞いてみた。数年前まで、足袋屋のところに剣術道場があったことや道場主の松林が病《やまい》で亡くなったことなどは知っていたが、藤沢のことは知らない者が多かった。知っている者もいたが、藤沢の名前と師範代をしていたことぐらいである。

それでも、足袋屋の近くにあったそば屋の親爺が、

「松林道場に長く通っていたご牢人が近くに住んでいるので、訊いてみたらどうです」

と、教えてくれた。

親爺に訊くと、その牢人は前坂孫七郎《まえさかまごしちろう》という名で、いまは長屋住まいだという。松林道場に通っていたころは、御家人の次男坊として実家の屋敷に住んでいたそうだ。

隼人は親爺から、長屋のある場所を聞いて行ってみた。庄三郎店《しょうざぶろうだな》という棟割り長屋だった。

前坂は長屋にいた。三十がらみの痩せた男だった。隼人は心苦しかったが、亡くなった松林の縁者だと偽って、松林のことを訊いた後、

「ところで、松林道場には藤沢という遣い手がいると聞いていたが、その後、藤沢どのはどうされたかな」

と、世間話でもする口振りで訊いてみた。

「あの男は、深川にいると聞いた覚えがある」

前坂が渋い顔をした。藤沢を嫌っているらしい。

「藤沢どのは牢人だったはずだが、何をして口を糊《のり》しているのでござろうな」

さらに、隼人が水をむけた。

「なにをしているのか。……そこもとは、あの男が何と呼ばれているか、ご存じか」

「いえ、知りませんが」

「あの男を知っている者は、陰で人斬り甚左と呼んでいましたぞ」

前坂の顔が憎悪《ぞうお》にゆがんだ。

「人斬り甚左ですか！」

隼人は驚いたような顔をして聞き返した。

「そうです。町人であろうと平気で人を斬ったからです。……道場をしめた後、辻斬《つじぎ》りをしているのではないかと噂する者もいました」

「そのような恐ろしい男ですか」

隼人は怖気をふるうように身震いしてみせた。

「そこもとも、藤沢には近付かない方がいい」

「そうします。……ところで、藤沢は深川のどこに住んでるんですかね。顔を合わせたくないもので」

隼人は藤沢の居所を知りたかった。深川というだけでは、探しようがないのだ。

「どこに住んでいるかは知りませんが、三月ほど前、松林道場で同門だった者が、深川の六間堀町で遊び人ふうの男と歩いているのを見たと言ってましたな」

「六間堀町ですか」

六間堀町はそれほどひろい町ではなかった。隼人は、六間堀町をあたれば、藤沢の居所がつかめるのではないかと思った。

「藤沢だが、どんな顔付きです？」

隼人は、藤沢の顔や年格好なども聞いておきたかった。

「総髪でしたな。撫で肩で、鼻が高く、目の細い男です」

「年格好は？」

藤沢は、黒鴨一味とみてまちがいないようだ。殺された益造の女房のおよしが、総髪で、撫で肩の武士、と口にしたこととも合う。

「三十がらみでしょうか」

「助かりました。藤沢を見かけたとき、すぐにそれと知れます」

隼人は、前坂に礼を言った。

第四章　人斬り甚左

1

「出てきたぞ、伊勢次だ」

利助が小声で言った。

利助と綾次は、笹藪の陰にいた。そこは、竹町の伊勢次と猪十の隠れ家の近くだった。利助たちは、路地沿いの笹藪の陰から仕舞屋の戸口に目をむけていたのだ。

戸口があいて、がっちりした体軀ですこし怒り肩の男が、引き戸をあけて路地に出てきたのだ。繁吉から聞いていた伊勢次の体軀である。

「兄い、ひとりのようですぜ」

綾次が伊勢次を見すえて言った。

利助たちが、ここに張り込むようになって二日目だった。繁吉たちと交替で見張ることになっていた。今日は繁吉たちが、八ツ（午後二時）から一刻（二時間）ほど、利助たちが七ツ（午後四時）から一刻ほど張り込むのだ。明日は今日の逆で、利助たちが先に見張り、繁吉たちが後である。それに、ただ交替するだけではなかった。先に張り込みについた者は、しばらく別の場所に身を隠して、張り込みにあたった者たちの周辺に目をくばり、うろんな者《もの》がいないか確かめてから帰ることにしていた。

これだけ慎重になったのは、黒鴨一味に張り込みを気付かれて襲われないようにするためである。

伊勢次は路地に出ると大川端の方に足をむけた。

「また、一膳めし屋ですかね」

昨日、伊勢次と猪十が仕舞屋から出てきて、大川端にある一膳めし屋に入った。利助たちは、ふたりが一膳めし屋から出てくるまでねばって跡を尾けたが、そのまま隠れ家にもどったのだ。

「ちがうかもしれねえ。今日は、伊勢次ひとりだ」

利助が言った。

「跡を尾けやすか」

「よし、尾けよう」

利助は、足音をたてないように笹藪の陰から路地に出た。綾次は利助の後に跟《つ》いてきた。

ふたりは、伊勢次の跡を尾け始めた。前を行く伊勢次との間は、半町ほどである。

利助たちは、路地沿いの店の脇や通行人の背後などに身を隠して尾けた。

伊勢次は大川端沿いの通りに出ると、川上に足をむけた。そのまま、川沿いの道を歩いていく。

「一膳めし屋じゃァねえぜ」

利助が言った。一膳めし屋は、川下に一町ほど歩いたところにあったのだ。

「どこへ行くんですかね」

「それをつきとめるのが、おれたちの仕事よ」

利助と綾次は、伊勢次の跡を尾けていく。

陽は対岸の浅草の家並の向こうに沈みかけていた。そろそろ暮れ六ツ（午後六時）の鐘が鳴るだろう。

風のない静かな夕暮れ時だった。大川の川面は西の空の夕焼けを映じて、淡い茜色に染まっている。その川面を客を乗せた猪牙舟が何艘《そう》か行き来していたが、荷を積んだ茶船や高瀬舟などの船影はなかった。あと小半刻（三十分）もすれば、大川も夕闇につつまれるはずである。

「どこまで行く気ですかね」

伊勢次は、吾妻橋《あづまばし》のたもと近くまで来ていた。日中は、大勢の通行人が橋を渡っているのだが、いまはまばらである。黒ずんだ橋梁が、辺りを圧するように淡い夕闇のなかにくっきりと浮かび上がっていた。

「おい、橋を渡るようだぞ」

伊勢次は吾妻橋を渡り始めた。

渡った先は浅草である。伊勢次は吾妻橋を渡り終えると、橋のたもとを右手におれ、川沿いの道に入った。そこは浅草花川戸町である。

そのとき、暮れ六ツ（午後六時）の鐘が鳴った。その鐘の音が合図ででもあったかのように、道沿いの表店が表戸をしめ始めた。低い地鳴りのような大川の流れの音のなかに、あちこちから、バタバタと戸をしめる音が聞こえてきた。

伊勢次は大川沿いの道をしばらく歩き、左手にまがった。そこに、路地があるらしい。

利助たちは小走りになり、路地の角まで来た。そして、路地の先に目をやると、伊勢次が表店の脇の板塀の切戸《きりど》から入るところだった。

利助たちは、角に足をとめたまま表店に目をやった。表戸はしまっているようだ。

何を商う店なのか、看板は出ていなかった。

「伊勢次は、あの店に入ったようですぜ」

「ただの店じゃァねえな。……近付いてみるか」

利助は路地に踏み込んだ。綾次が、利助に身を寄せて跟《つ》いてきた。

そこは、狭い路地で店屋だけでなく仕舞屋も目についた。路地はひっそりとしている。暮れ六ツを過ぎたせいもあるが、人影はほとんどなかった。

「おい、つぶれた店だぜ」

古い店で、表戸の上から斜交《はすか》いに板が打ち付けてあった。雨戸は傷み、庇《ひさし》は朽ちかけている。

「兄い、やつはこの切戸からなかへ入ったんですぜ」

綾次が小声で言った。

「足をとめるな」

利助が小声で言って、切戸の前を通り過ぎた。そのとき、利助は後ろから近付いてくる足音を耳にしたのだ。

利助は切戸から二十間《けん》ほど離れてから、それとなく後ろに目をやった。見ると、商家の旦那ふうの男が切戸をあけてなかへ入っていくところだった。

利助は足をとめ、斜向かいにあった小店の脇の灌木《かんぼく》の陰にまわり込んだ。綾次も利助の脇にきて身を隠した。

「綾次、あの切戸の先に何かあるようだぜ」

「何ですかね」

綾次の目に好奇の色があった。

「賭場だな」

利助は、賭場にちがいないとみた。

「あの店が賭場ですかい」

「ちがうな。賭場なら、前を通ったときに店のなかから、物音や話し声が聞こえたはずだ。それに、路地沿いの店じゃァすぐにばれちまう」

「賭場は、どこにあるんです？」

「あの店の裏手を見な。古い土蔵があるな」

「ありやす」

利助が灌木の陰から首を伸ばした。

古い土蔵で、漆喰の壁が所々剝げ落ちている。

「あの土蔵が賭場だな。あの土蔵なら路地まで話し声は聞こえねえし、明りも洩れねえ。賭場には、もってこいの場所だ」

「兄い、伊勢次が賭場に来たんなら、博奕の咎でお縄にできやすぜ」

綾次がうわずった声で言った。

「賭場にまちげえねえか、はっきりさせてから長月の旦那に知らせるんだ」

「あっしらも、切戸からなかへ入《へえ》りやすか」

「綾次、おめえ、死にてえのか。だれが貸元だか知らねえが、のこのこ賭場に入っていって御用聞きと分かったら、簀巻《すま》きにされて大川に流されるぜ」

「そいつは、御免だ」

綾次が首をすくめた。

「まァ、見てろ。おれが、うまく聞き出してやるから」

そう言って、利助が土蔵に目をやった。夕闇のなかにかすんで、土蔵の黒い輪郭が見えるだけである。

2

利助と綾次が灌木の陰に身を隠して、半刻（一時間）ほど過ぎた。辺りは夜陰につつまれ、路地を通る人影はほとんどなくなった。

路地沿いの店は、夜の帳《とばり》のなかでひっそりと寝静まっている。路地は闇にとざされていたが、頭上に月が出ていたので、何とか人影は識別できそうだ。

「兄い、だれも出てきやせんぜ」

綾次が、欠伸を嚙み殺して言った。

「辛抱しろ。そのうち出てくる」

金がなくなった男か、早めに博奕を切り上げた男が切戸から出てくるはずだった。賭場の客のなかには、金のつづかなくなる者もいるだろう。

それからいっときしたとき、切戸をくぐる黒い人影が見えた。

「出て来たぞ」

黒の半纏に股引姿だった。大工か、屋根葺き職人ではあるまいか。博奕に負けたと見え、肩を落とし、利助たちがひそんでいる方に歩いてくる。

男が利助たちのひそんでいる前を通り過ぎてから、利助が、

「綾次、ここで待っていろ。すぐに、もどるからな」

と小声で言って、路地に出た。

利助は男に近寄ると、

「ちょいと、兄い」

と、後ろから声をかけた。

男は、ギョッとしたように立ちすくんだ。突然、後ろから声をかけられたからであろう。

「すまねえ、驚かしちまったようだ」

利助は腰をかがめて男に身を寄せた。

「な、なんでえ、おめえは」

男は怒ったような口調で言った。顔の浅黒い、三十がらみの男である。

「兄いから、訊きてえことがありやしてね。……こんなところにつっ立って、話をするわけにはいかねえ。歩きながら、あっしの話を聞いてくだせえ」

そう言って、利助がゆっくりとした歩調で歩きだした。男も利助と肩を並べて歩きだしたが、顔には警戒するような表情があった。

「何の話だ」

男が、つっけんどんに訊いた。

「これ、でさァ」

利助が壺《つぼ》を振る真似《まね》をして見せた。

「な、なんのことだ」

男が声をつまらせた。しらばくれているようだ。利助が何者なのか分からないので、博奕のことはしゃべれないのだろう。

「ヘッヘヘ……。兄い、あっしも手慰みが好きでしてね」

利助が博奕好きであることを口にした。

「おめえもやるのかい」

男の顔から、警戒の色が消えた。

「目がねえんでさァ」

「そうかい。おれも、目がねえのよ」

「ちょいと小耳にはさんだんですがね。兄いが出てきた切戸を入《へえ》ると、その先に賭場があるそうで」

利助が声をひそめて言った。

「そうらしいな」

男はとぼけた。簡単に賭場のことはしゃべれないのだろう。

ただ、男の返事で、切戸を入ると賭場があることは知れた。おそらく、土蔵であろう。

「あっしも、ちょいと覗いてみてえと思って来たんですがね。ここまで来て、二の足を踏んでるんでさァ」

　利助が困惑したように顔をゆがめて見せた。

「どこから来たか知らねえが、ここまで来たんだ。入ってみればいいじゃァねえか」

「それが、気になることがありやしてね」

「何が気になるんだ」

「そこの賭場に、嫌なやろうが入るのを見かけたんでさァ」

「だれだい」

　男が利助に顔をむけて訊いた。話に乗ってきたようである。

「兄いは知ってやすかね。伊勢次ってえやつで」

　利助は伊勢次の名を出した。

「伊勢次か……。知ってるよ」

　男の顔に不愉快そうな表情が浮いた。伊勢次のことを嫌っているらしい。

「あっしは、伊勢次に痛え目に遭いやしてね。土蔵のような狭いところで顔を突き合わせているのは、御免こうむりてえんで」

　利助は適当な作り話を口にした。

「それじゃァ、今夜のところはやめときな。盆に座れば、伊勢次と顔を合わせねえわけにはいかねえぜ」

「やっぱりそうですかい」

利助は、男とのやり取りで土蔵が賭場であることが確認できた。

「伊勢次は、明け方まで帰《けえ》らねえ。……何をしてるか知らねえが、このところ金まわりがいいらしく、二両、三両と平気で賭《か》けやがる」

男がいまいましそうに言った。

伊勢次が賭場で使う金は、押し込みで奪った金の分け前であろう。

「それで、伊勢次の仲間も来ることがあるんですかい」

利助は、ついでに仲間のことも訊いてみようと思った。

「仲間ってえなァ、だれのことだい」

「兄いは知ってやすかね。猪十ってえ遊び人でさァ」

利助は猪十の名を出した。

「猪十なんてえ男は知らねえな」

「猪十は来ねえのか」

今夜も、隠れ家から賭場へ来たのは伊勢次だけである。猪十は博奕をやらないのかもしれない。

「藤沢ってえ牢人者はどうだい。伊勢次とつるんで、来るんじゃァねえかな」

利助は藤沢の名も出してみた。

「名は知らねえが、牢人者とつるんで来ることはあるぜ」

「やっぱり、藤沢も来るのか。それじゃァ、ここの賭場には、顔を出せねえなァ」

利助が渋い顔をした。

「やめときな。何も、嫌な野郎と顔を突き合わせて盆に座ることはねえやな」

「そうするよ。……ところで、ここの賭場の貸元はだれなんだい」

利助が小声で訊いた。

「今戸町の親分よ」

「市兵衛《いちべえ》親分か」

利助は、浅草今戸町に市兵衛という貸元がいると聞いたことがあった。ただ、噂を耳にしただけで、居所も知らないし顔を見たこともなかった。

「仕方がねえ。今夜のところは、あきらめて帰《けえ》るか」

利助は男に、またな、と声をかけて足をとめた。これ以上、男から聞き出すこともなかったのである。

「あばよ」

そう言って、男は利助から離れていった。

3

「よし、伊勢次を捕ろう」

隼人は利助から伊勢次が花川戸町の賭場に入った話を聞くと、すぐに腹をかためた。賭場を手入れして、他の客といっしょに伊勢次を捕らえれば、黒鴨一味も自分たちのことで吟味されるとは思わないはずだ。

「それで、あっしらはどう動きやすか」

利助が訊いた。

隼人と利助は、八丁堀の組屋敷の縁先で話していた。利助と綾次が、花川戸町の賭場に伊勢次が入ったことをつかんだ翌日だった。利助は、隼人が奉行所から組屋敷にもどるころを見計らって来たのである。

「そうだな。……仕掛けるのは伊勢次が賭場に入ったのを見てからになるな。利助たちは、これまでのように伊勢次と猪十を見張っていてな、伊勢次が賭場に入ったら、おれに知らせてくれ。……そうは言っても、花川戸町から八丁堀までは遠いな。また、繁吉に舟を頼むか」

舟を使えば、花川戸町から八丁堀までそう遠くはない。花川戸町の大川に舟をとめておき、伊勢次が賭場に入ったのを目にしてから舟で大川を下って日本橋川へ入れば、八丁堀の近くまで来られる。

「そう長いことはあるまい。今度は、四人いっしょに張り込むといい」

隼人は、連絡役を繁吉たちにまかせ、舟で待機させておけばいいと思った。そのことを利助に話すと、

「承知しやした。あっしと綾次とで、伊勢次たちを見張りやす」

利助が答えた。

利助が帰ると、隼人は天野の住む組屋敷に足をむけた。捕方を手配しておく必要があったのだ。

七ツ（午後四時）を過ぎていた。天野は巡視を終え、組屋敷にもどっていた。

「長月さん、上がってください」

天野は隼人を家に入れようとしたが、隼人は断った。夕餉前だったし、天野の家族はとりわけ話し好きなので、内密にしたい捕物の話はできないだろうと思ったからである。

「歩きながら、話そう」

そう言って、隼人は天野を近くの亀島河岸へ連れていった。家族に話を聞かせたくないときに、亀島河岸を歩きながら話すことは、これまでもよくあったのだ。

「伊勢次は　賭場に出入りしているようだ」

歩きながら、隼人が切り出した。

「博奕の咎で、伊勢次を押さえるのですか」

「そうだ。賭場は花川戸町にあるらしい。市兵衛という男が貸元をしているそうだ」

隼人が、かいつまんで賭場のある場所を話した。

「それで、いつ賭場に踏み込みますか」

「伊勢次が、賭場に入ったときだな。明日から利助たちが伊勢次を見張り、賭場に入ったらおれに知らせることになっている」

「知らせが来てから、捕方を集めて踏み込むのですか」

天野が驚いたような顔をして足をとめた。

捕方を集め、八丁堀から浅草の花川戸町まで行くとなると、容易ではない。それに、伊勢次が賭場に入るのは、陽が沈むころだろう。そうなると、夜のうちに花川戸町へ着くのさえ、難しくなる。

「捕方は、おれと天野の手先だけでいい。十人もいれば、何とかなる。狙いは、賭場の貸元をしている市兵衛や子分たちを捕らえることではないからな。伊勢次さえ、押さえればいいんだ」

隼人は、伊勢次の他に賭場にいる市兵衛の子分と客を何人か捕らえれば、それで十分だとみていた。

「それに、舟を使うつもりだ。大番屋の裏手から大川に出て花川戸へむかえば、そう時間はかかるまい」

茅場町《かやばちょう》にある大番屋の裏手を日本橋川が流れていた。大番屋近くの桟橋に舟をとめておけば、それで花川戸町まで行ける。それに、知らせにきた繁吉の舟も使えるはずだ。

「天野、すぐに掻き集められる手先を四、五人、手配しておいてくれ。おれも、何人かに声をかけておく。……そう長い間ではない。ここ、二、三日で、繁吉から連絡が来るはずだ」

四、五人なら、組屋敷に出入りしている手先と、出仕のときに供をする小者や中間《ちゅうげん》でたりるはずだ。

「分かりました」

天野が顔をけわしくして言った。

翌日の午後、隼人は供を連れず御家人ふうの格好で花川戸町に足をむけた。賭場になっている商家の裏手の土蔵を見ておこうと思ったのである。

隼人は伊勢次を見張っている利助たちでなく、大川の桟橋にとめた舟で待機している繁吉か浅次郎に案内を頼むつもりだった。繁吉たちも、利助から場所を聞いて下見しているはずである。

隼人が桟橋に下りて話すと、

「あっしが、案内しやすぜ」

と言って、すぐに浅次郎が舟から飛び下りた。浅次郎は、舟で知らせを待っているのに退屈していたらしい。

「浅次郎に頼むか」

隼人は、繁吉でも浅次郎でもよかったのだ。

浅次郎は隼人を連れて大川端の道をしばらく歩き、右手の路地に入った。そこは寂しい路地で、小店や仕舞屋などがまばらにつづいている。

七ツ（午後四時）前だった。まだ、賭場はひらいてないだろう。路地にはぽつぽつと人影があった。道沿いの家々の間から射し込んだ西陽が、路面をひかりと影の縞模様に刻んでいる。

路地に入ってすぐ、浅次郎が隼人に身を寄せ、

「右手に表戸をしめた店がありやす。その脇の切戸が賭場の出入り口で……」

と、小声で言った。

「分かった」

隼人はそう言っただけで口をつぐみ、歩調を変えることもなく店の前を歩いた。

通りながら目をやると、店の表戸は上から斜交いに板が打ち付けられていた。だいぶ、古い店である。その店の裏手に土蔵があった。そこが、賭場らしい。切戸から、店の脇を通って賭場へ出入りするようだ。

……出入り口は切戸だけらしい。

と、隼人はみてとった。

店の脇と後方には、板塀がまわしてあるらしかった。裏手に出入り口はないのだろう。裏手に出入り口があれば、人目につきがちな切戸を使わないはずだ。ただ、店の裏口があいていれば、店のなかに逃げ込むことができるかもしれない。

いずれにしろ、切戸と店の表をかためれば、伊勢次を逃がすことはないだろう、と隼人は踏んだ。

隼人と浅次郎は、店から半町ほど通り過ぎたところで足をとめた。

「引き返すか」

隼人はきびすを返し、ゆっくりとした足取りで来た道をもどり始めた。浅次郎は、隼人の先にたって歩きだした。まだ、先導するつもりらしい。

その日、隼人は紺屋町にまわり、豆菊に立ち寄って八吉と会った。

隼人が八吉に伊勢次を捕らえることを話すと、

「旦那、あっしもお手伝いしやしょう」

と、言ってくれた。

「頼む」

八吉は老齢だったが、頼りになる男だった。鉤縄を遣う腕も、まだ落ちていないはずである。

4

隼人が花川戸町へ出かけた三日後だった。石町《こくちょう》の暮れ六ツ（午後六時）の鐘が鳴って間もなく、八丁堀の組屋敷に繁吉が飛び込んできた。

「な、長月の旦那、伊勢次が賭場に入《へえ》りやした」

繁吉が声をつまらせて言った。

「よし、すぐ行く」

隼人は、まず庄助を呼んで、南茅場町に住んでいる亀吉《かめきち》という岡っ引きのもとに走らせた。亀吉は隼人が手札を渡している岡っ引きではなかったが、近くに住んでいたので話をしておいたのだ。亀吉には下っ引きがふたりいたので、捕方として三人使える。

隼人は兼定を差して組屋敷を出ると、天野の家に立ち寄り、ことの次第を伝えた。

「すぐ、桟橋に向かいます」

天野も、近くの手先に知らせるために屋敷にいた小者の与之助を走らせた。

それだけ手配して、隼人は繁吉とともに大番屋の裏手にある桟橋にむかった。そこに、繁吉が乗ってきた猪牙舟ともう一艘の舟が用意してあった。

隼人につづいて、天野が与之助を連れて姿を見せた。さらに、庄助と亀吉、それに亀吉の手先ふたりが駆け付けた。

庄助たちにつづいて、天野が声をかけておいた岡っ引きがふたりと下っ引きが三人姿を見せた。桟橋に集まった捕方は、隼人と天野を除いて総勢十一人ということになる。それに、花川戸町には、八吉、利助、綾次、浅次郎の四人がいる。

……それだけいれば十分だ。

と、隼人は思った。

「舟に乗れ！」

隼人が声をかけると、桟橋に集まっていた男たちが二艘の舟に分かれて乗り込んだ。

隼人の舟には庄助たち手先三人が乗った。艫に立ったのは、繁吉である。一方、天野は他の手先たちとともに乗り込んだ。舟を漕ぐのは栄造《えいぞう》という下っ引きで、ふだんは繁吉と同じように船頭をしている。

二艘の舟は日本橋川を下り、箱崎川を経て大川へ出た。水押《みよ》しを川上にむけ、川面を切り裂きながら上流にむかっていく。

すでに、大川は夕闇につつまれていた。日中は多くの船が行き来しているのだが、いまは船影もなく、黒ずんだ川面が佃島《つくだじま》の先の江戸湊まで広漠とつづいている。

西の空には茜色の残照がひろがっていた。その空の下に、夕闇につつまれた日本橋の家並が折り重なるように累々とつづいている。水押しが上げる水しぶきの音と大川の流れの音が、耳を聾《ろう》するように聞こえてきた。

二艘の舟は、左手の日本橋寄りをさかのぼっていく。

隼人の乗る舟は、両国橋をくぐった。左手には浅草御蔵が迫り、枝を垂れた首尾の松の黒い樹影が夕闇のなかに見えてきた。

つづいて、天野たちの乗る舟も両国橋をくぐった。

さらに、二艘の舟は大川をさかのぼり、首尾の松の脇を通り過ぎて駒形堂の近くまで来た。目の前に、吾妻橋が迫っている。

吾妻橋をくぐったところで、繁吉が舟を岸際に寄せ、

「そろそろ着きやすぜ」

と、隼人たちに声をかけた。後続の舟も、岸へ寄せてくる。

前方に桟橋が見えた。ちいさな桟橋で、三艘の猪牙舟が舫ってあるだけである。その桟橋の上に人影があった。夕闇にとざされてはっきりしないが、浅次郎らしい。浅次郎は手を振っていた。

繁吉は巧みに艪《ろ》をあやつって、桟橋に船縁《ふなべり》を付けた。

「下りてくだせえ」

繁吉が声をかけると、隼人たちは次々に桟橋に飛び下りた。

「どうだ、賭場の様子は」

すぐに、隼人が浅次郎に訊いた。

「伊勢次は、賭場に入ったままです」

浅次郎が、利助、綾次、八吉の三人で賭場を見張っていると言い添えた。

後続の舟が着き、天野たちが桟橋に下りるのを待ってから、隼人たちは大川沿いの通りに出た。

「こっちでさァ」

先にたったのは、浅次郎である。

隼人と天野の後に、繁吉をはじめ捕方たちがつづいた。捕方といっても、岡っ引きや下っ引きたちがふだん町を歩いている格好である。長柄《ながえ》の捕具の突棒《つくぼう》や刺股《さすまた》などを手にしている者はいなかった。隼人と天野から、いつもの格好で来るように話してあったのだ。隼人たちは、市中の巡視のおりに賭場に気付き、急遽《きゆうきよ》手先たちを集めて踏み込んだことにしたかったのである。

隼人たちは大川端の道から、左手の路地に入った。路地は濃い夕闇に染まっていた。人影はなく、ひっそりとしていた。路地沿いの店は表戸をしめ、夕暮れ時の静寂につつまれている。

路地に入ってすぐ、八吉と綾次が小走りに近付いてきた。店仕舞いした表店の軒下に身を隠していたらしい。

「八吉、伊勢次は賭場にいるな」

隼人が確かめるように訊いた。

「へい、そこの切戸から入《へえ》ったままで」

八吉が前方を指差して言った。
四、五軒先の表店の脇に切戸があった。賭場の出入り口になっている切戸である。
「賭場の客は、どうだ」

「あっしが、この場に来てから十人ほど入りやしたぜ」

八吉が、あっしの見当だが、客は二十人ほどいるようです、と言い添えた。

「ところで、利助は？」

隼人が訊いた。八吉のそばに利助の姿がなかったのだ。

「切戸の斜向かいにいまさァ」

「よし、行ってみよう」

隼人は、捕方たちに、足音をたてるな、と指示してから、切戸のある店の方に近付いた。

利助は切戸の斜向かいの小店の脇にいた。そこは隣の店との隙間になっていて、ひとりだけなら身を隠すことができる。

利助は隼人たちに気付くと、路地に出てきて、

「旦那、待ってましたぜ」

と、小声で言った。夕闇のなかに双眸が白くひかっている。腕利きの岡っ引きらしい目である。

「これから踏み込んで、伊勢次を捕らえるつもりだ」

隼人は天野と相談し、念のために切戸の前に三人捕方を残すことにした。伊勢次が逃げてきたとき押さえるためである。三人の指図を繁吉に頼んだ。繁吉は、伊勢次の顔を知っていたからだ。

「繁吉、捕らえるのは伊勢次だけだぞ。客や賭場の者が逃げてきてもかまうな」

隼人は、念を押しておいた。おそらく、何人も逃げてくるはずである。繁吉たち三人では、手の出しようがないだろう。

「承知しやした」

繁吉が顔をけわしくしてうなずいた。

5

まず、隼人と天野が切戸をくぐった。後ろから八吉、利助、亀吉の三人がつづき、さらに手先たちが後についた。

切戸をくぐると、店と板塀の間に狭い空き地があり、その先に土蔵があった。土蔵の鉄格子をはめた窓からかすかに明りが洩れている。土蔵から何人もの男の声や物音が聞こえてきた。博奕の最中らしい。賭場の緊張と熱気が伝わってくる。

隼人たちは、足音を忍ばせて土蔵に近寄った。

土蔵の戸口が見えた。戸口の脇に、若い衆《し》がひとり立っていた。下足番らしい。戸口から灯が洩れ、辺りをぼんやりと照らしている。

「天野、戸口をかためてくれ!」

隼人は、兼定を抜いて峰に返した。賭場に踏み込んで、歯向かう者がいれば峰打ちで仕留めるつもりだった。

「分かりました」

天野は、懐から朱房の十手を取り出した。顔がひきしまり、双眸が薄闇のなかで底びかりしている。天野も、気が昂っているようだ。

隼人と天野の様子を見て、捕方たちが次々に十手や捕り縄を取り出した。八吉は、鉤縄を手にしていた。岡っ引きたちの目が夕闇のなかで白く底びかりしている。いずれも獲物を前にした猟犬のような顔である。

「行くぞ」

隼人が声を上げ、小走りに土蔵の戸口にむかった。

天野と捕方たちがつづく。男たちの足音で、静寂が破られた。

土蔵の戸口にいた若い衆が、近付いてくる隼人たちの姿を見て、

「手入れだ！　町方だ！」

と、ひき攣《つ》ったような声で叫んだ。

この叫び声を聞いた捕方たちが、御用！　御用！　と声を張り上げ、ばらばらと戸口に走り寄った。捕方が踏み込んできたことを隠す必要がなくなったのだ。

「来やがった！」

若い衆が悲鳴のような声を上げて、土蔵のなかへ走り込んだ。

「踏み込め！」

隼人が声を上げ、戸口から土蔵に踏み込んだ。八吉、利助、亀吉、さらに捕方が三人つづいた。

一方、天野は四人の捕方とともに、土蔵の戸口をかためた。

土蔵のなかは、大変な騒ぎだった。そこは思ったよりひろく、四隅に百目蠟燭《ひゃくめろうそく》が置かれ、賭場を照らし出していた。そのひかりのなかで、男たちが逃げ惑っている。悲

鳴や怒号が飛び交い、莨の煙と温気《うんき》が充満し、莨盆がひっくりかえって灰神楽《はいかぐら》が立ち
上っている。

白布を敷いた盆のまわりに、二十人ほどの男たちがいた。客のほかに、若い衆、諸《もろ》
肌《はだ》脱ぎの壺振り、羽織姿の中盆《なかぼん》らしい男もいる。

「利助、伊勢次はどいつだ」

隼人が訊いた。

「だ、旦那、そこ！　蠟燭の前《めえ》にいる男で」

利助が右手の奥の蠟燭を指差した。

「やつか！」

隼人は、すぐに分かった。

右手の奥に、がっちりした体軀で怒り肩の男がいた。話に聞いていた伊勢次の体軀
である。

伊勢次は怒号を上げ、いきなり前につっ立っていた半纏を羽織った大工らしい男を
突き飛ばし、戸口へ逃げようとした。

「逃がすか！」

隼人は盆に踏み込み、伊勢次の前に迫った。隼人は腰を沈め、峰にとった兼定を低

い八相《はっそう》に構えている。

「どけ！」

伊勢次が戸口へ逃れようとして、客らしい男の脇を擦り抜けた。

瞬間、隼人の兼定が一閃《いっせん》した。一瞬の太刀捌《さば》きである。

ドスッ、というにぶい音がし、刀身が伊勢次の腹に食い込んだ。峰打ちにふるった一撃が、伊勢次の腹をとらえたのだ。

伊勢次は上体を折れたようにかしがせ、ヒイッという細い悲鳴を上げて前に泳いだ。そこへ、戸口へ逃げようとした客のひとりの肩が、伊勢次の背中に突き当たった。その弾みで、伊勢次は前につんのめり、頭からつっ込むように畳の上につっ伏した。

「利助、伊勢次を捕れ！」

隼人が叫んだ。

利助が飛び込むような勢いで、倒れた伊勢次に後ろからおおいかぶさった。すかさず、八吉が脇からまわり込み、伊勢次の両腕を後ろにとって早縄をかけた。さすが、八吉である。伊勢次に抵抗する間も与えなかった。

この間に、土蔵に踏み込んだ捕方たちが、若い衆と客ひとりを捕らえた。また、戸口にいた天野たちが、逃げてきた壺振りと客をふたり捕らえた。賭場の中盆と若い衆、それに客の多くが切戸の方へ逃げた。

切戸の外では繁吉たちが待ち構えていたが、逃げる男たちを見ても動かなかった。伊勢次の姿がなかったからである。

捕物は終わった。

隼人たちは、捕らえた男たちを連れて土蔵から出た。

夜陰が辺りをつつんでいた。頭上の月が淡い青磁色のひかりを投げている。

「上首尾だな」

隼人が捕らえた男たちに目をやって言った。

伊勢次のほかに、賭場の壺振りと若い衆、それに客を三人捕らえた。本来の賭場の手入れなら、中盆や貸元も捕らえるだろうが、今夜の目的は伊勢次なのである。

「引き上げますか」

天野が訊いた。

「長居は無用だな」

これから、捕らえた者たちを桟橋から舟に乗せて、南茅場町の大番屋へ連れていく。

そこで、明日から伊勢次の吟味をおこなうのだ。

6

南茅場町の大番屋は調べ番屋とも呼ばれ、仮牢もあった。容疑者は小伝馬町《こでんまちょう》の牢に送られる前に、大番屋で吟味されることが多かった。

隼人たちは、伊勢次をはじめ捕らえた者たちを仮牢に入れ、翌朝から吟味することにした。

通常、容疑者を吟味するのは吟味方与力だが、まだ捕らえたばかりだったし、賭場から逃げた者たちのことを聞き出すための取り調べという名目で、隼人と天野があたることにしたのだ。当然、隼人たちの目的は、伊勢次に黒鴨一味の隠れ家を吐かせることにある。

隼人が伊勢次の訊問《じんもん》にあたり、他の者たちは天野があたることになった。博奕の咎で捕らえたので、伊勢次だけ吟味するわけにいかなかったのである。

隼人は伊勢次を大番屋の吟味の場に連れ出した。そこには、畳敷きの上段の間があり、その前に砂を敷いた土間があった。吟味する者は上段の間に座し、容疑者は土間に敷かれた筵《むしろ》の上に座らされる。

隼人は上段の間に座らず、土間に立った。吟味方与力の座る場所では、腰が落ち着かなかったのだ。

伊勢次は、仮牢から引き出されて土間の筵の上に座らされた。後ろ手に縛られている。伊勢次の背後には、繁吉がひかえていたが、他の者はいなかった。隼人は黒鴨一味のことで伊勢次を訊問する都合があったので、大番屋の者は遠ざけたのである。

隼人が利助ではなく繁吉をこの場に連れてきたのは、わけがあった。利助、綾次、八吉の三人には、猪十の見張りを頼んだのだ。猪十を見張っていれば、伊勢次が捕らえられたことで、黒鴨一味がどう動くか知れるからである。

伊勢次は顔をこわばらせて体を小刻みに顫わせていたが、隼人にむけられた目には怯えや恐怖の色がなかった。ふてぶてしさを感じさせる顔である。博奕で捕らえられたが初犯なので、敲《たたき》ぐらいで済むとみているのだろう。

「伊勢次か」

隼人が切り出した。

「へい」

「おまえが、博奕をしたことは認めるな」

隼人は、博奕の件から切り出した。

「つい、魔が差しちまって。賭場へ行ったのは、あの日が初めてなんで……」

伊勢次が上目遣いに隼人を見ながら言った。

博奕のことは、隠さなかった。もっとも、賭場でつかまったのだから、隠しようがないのである。

「博奕のことは、これまでにしよう。おまえには、他に訊きたいことがあるのでな」

隼人が声をあらためて言った。

「…………！」

伊勢次の顔から、急に血の気《け》が引いた。博奕の吟味ではないと察知したのであろう。

「猪十という男を知っているな」

隼人が伊勢次を見すえて訊いた。双眸に射るようなひかりが宿っている。

「し、知りやせん」

伊勢次の声が震えた。顔にあったふてぶてしさは消えている。

「おい、そんなことで、しらをきるんじゃァねえ。おめえが、竹町で猪十といっしょに住んでるのは、先刻承知の上で訊いてるんだ」

隼人の物言いが急に伝法になった。

「…………！」

伊勢次が、ゴクリと生唾《なまつば》を飲み込んだ。体の顫えが激しくなっている。

「猪十を知っているな」

隼人が念を押すように訊いた。

「へ、へい……。の、飲み屋で話すうちに馬が合いやして、やつが勝手にあっしの塒にもぐり込んできたんでさァ。あっしは、猪十のことは何も知らねえんで……」

伊勢次が声を震わせて言った。

「おめえ、まさか、猪十が何をしてたか知らねえなどと、ぬかすんじゃァねえだろうな」

「し、知りやせん。あっしは、猪十が何をしてたか、知りやせん」

伊勢次が、声をつまらせて訴えた。

「それなら、おれが教えてやろう。猪十は黒鴨一味だ。それも、五年ほど前、江戸中を荒らしまわった一味でな。やつは、逃げ延びたのだ」

隼人は黒鴨一味のことを口にした。

「……………！」

伊勢次の顔が紙のように白くなり、頬や首筋に鳥肌が立った。

「いまは、おめえも黒鴨のひとりだ」

隼人が断定するように言った。

「あ、あっしは、黒鴨一味とは、何のかかわりもありやせん」

伊勢次が必死になって言った。

「おい、おれはな、おめえが黒鴨一味とかかわりがあるかどうか訊いてるんじゃァねえんだぜ。おれは、端《はな》からおめえが黒鴨一味のひとりだと分かってるんだ。賭場へ踏み込んだのも、博奕の手入れじゃァねえ。おめえをお縄にするためだ。だから、賭場にいた連中の多くを逃がしてやったんだ」

「……………！」

伊勢次は瞠目し、凍り付いたように身を硬くした。

「おめえが、賭場で一晩に五両、十両の大金を使っていることも分かっている。黒鴨一味じゃァねえと言い張るなら、その金をどこで手に入れたか、言ってみな。……それに、戸田屋の奉公人が、帳場の隅に隠れていてな、おめえたちが話してるのを聞いているし、おめえの体付きまでしっかり覚えてるんだ。それでも、おめえ、しらをきる気かい」

戸田屋の奉公人が、伊勢次の体付きまで覚えていたわけではないが、そう言っておいたのだ。

「お、おれは、黒鴨一味じゃァねえ」

伊勢次は小声で言ったが、体から力が抜け、両肩が小刻みに震えている。

「おめえが、あくまでしらをきるなら、与力のきつい拷問《せめ》を受けることになるだろうな。それでも、吐かなければ、察斗詰《さとづめ》ということになる。これだけの証《あかし》がそろってるんだ。どうにもならねえよ。白状しなくとも、仲間といっしょに獄門晒首だな」

察斗詰は、容疑者が拷問しても白状しない場合、やむなく罪状が明白であることを記した起訴状や伺書《うかがいしょ》などを老中に提出し、罪状相当の刑を裁決してもらうのである。

「だ、旦那、あっしは黒鴨一味じゃァねえ……」

伊勢次は恐怖で顔をゆがめ、悲鳴のような細い声で言った。

「伊勢次、考えてみろ。……ここで、お上に味方して、すこしでも罪を軽くした方がいいんじゃァねえのか」

隼人が、おだやかな声で言った。

「………」

伊勢次の顔に苦悶《くもん》するような表情がよぎった。

「まず、仲間のことを訊くか。なに、あらかた分かってるんだ。それに、おめえがしゃべったことにはしねえよ。……黒鴨一味には、猪十、冬造、それに押し込み先で、番頭や手代などを斬った人斬り甚左こと、藤沢甚左衛門がいるな」

隼人が名を挙げて訊くと、伊勢次の顔に驚きの表情が浮いた。町方が、ここまでつかんでいるとは思わなかったのだろう。

「残るは三人だが、なんという名だ」

もうひとりは伊勢次だが、伊勢次の名は口にしなかった。

「……宗八《そうはち》、民造《たみぞう》、それに利根七《とねしち》でさァ」

伊勢次が小声で言った。隠し切れないと思ったのであろう。

「次は塒だ。まず、藤沢からだな」

「藤沢の旦那の塒は知らねえ。……六間堀町の借家に住んでると聞きやしたが、行ったことはねえんで」

「うむ……」

伊勢次に、隠している節はなかった。隼人も藤沢が六間堀町に住んでいると聞いていたのだ。伊勢次の話から、藤沢が借家に住んでいることだけは知れた。

「冬造は？」

「頭も、知らねえ。黒江町にいると聞いた覚えがあるが、黒江町のどこかは分からねえ。何かあると猪十の兄いが、頭につないでいたんでさァ」

どうやら、冬造が一味の頭目のようである。深川黒江町は富ケ岡八幡宮の門前通りにつづき、繁華街で知られた町である。

「ところで、冬造だが、どんな顔付きだ」

隼人は、念のために訊いた。

「面長で、顎がとがっていやす」

「年格好は？」

「四十がらみに見えやした」

「うむ……」

黒鴨一味の冬造に、まちがいないようだ。隼人が、これまで耳にした顔付きや年格好と合う。

それから、隼人は宗八、民造、利根七の塒を訊いた。

伊勢次が知っていたのは、民造と利根七の塒だった。ふたりとも長屋暮らしで、民造が、浅草福井町の惣兵衛店《そうべえだな》で、利根七は外神田佐久間町の初蔵店《はつぞうだな》だという。

隼人は伊勢次の吟味を終えると、すぐに聞き取ったことを天野に話し、隼人と天野の手先に命じて、民造と利根七の住む長屋をあたらせた。また、六間堀町にも何人かの手先をやり、藤沢の塒の借家を探らせた。

その結果、民造と利根七の塒はつかむことができた。一方、藤沢が住んでいたらしい借家も分かったが、本人の姿はなかった。手先たちの聞き込みによると、藤沢はここ半月ほど六間堀町の借家にはもどっていないという。

隼人は自分でも六間堀町に足を運び、その借家に行ってみたが、やはり留守にしたままのようだった。念のために近所で聞き込んでみると、藤沢は日暮れ時になると近くの一膳めし屋や飲み屋などに出かけるが、ここ半月ほどまったく姿を見てないそうだ。

……塒を変えたのかもしれぬ。

と、隼人は思った。

隼人は、今後どう手を打ったらよいか迷った。黒鴨一味七人のうち、伊勢次を捕らえ、猪十、民造、利根七の三人の塒が知れた。だが、手下の宗八、それに肝心の頭目の冬造と斬り手の藤沢の隠れ家がつかめなかったのだ。

隼人は塒の分かった猪十たち三人を捕らえても、頭目の冬造と斬り手の藤沢を逃がしたら、黒鴨一味を捕らえたことにはならないと思った。

7

その日、隼人は八吉を連れて、深川黒江町へ足を運んだ。伊勢次が、冬造は黒江町に住んでいるらしいと口にしたからである。

ただ、黒江町に行っても、探りようがなかった。冬造という名を使っているはずはないし、手掛かりが何もなかったからである。そこで、八吉の手を借りることにした。八吉は長く岡っ引きをしていたので、こうした探索には長けていたのだ。

八吉は隼人から事情を聞くと、

「旦那、蛇《じゃ》の道は蛇《へび》でさァ。永代寺門前仲町に藤助《とうすけ》という地まわりがいやす。そいつに訊けば、何か知れるかもしれやせん」

と言って、隼人に同行することになったのだ。永代寺門前仲町は、黒江町の隣町である。

富ケ岡八幡宮の門前通りは賑わっていた。通り沿いには、茶店、料理茶屋、料理屋、置屋などが並び、遊山客や参詣客《さんけいきやく》が行き交っている。

隼人は黒江町の通りを過ぎ、永代寺門前仲町に入った。富ケ岡八幡宮に近付いたせいか、人通りはさらに多くなった。

永代寺門前仲町に入って間もなく、八吉は路傍に足をとめ、

「たしか、その路地だったたな」

と言って、料理屋の脇の路地へ入った。

そこは細い路地で、そば屋、飲み屋、一膳めし屋など小体な店が、ごちゃごちゃとつづいていた。土地の者が飲み食いにくる路地らしく、けっこう人通りは多かった。

路地に入ってしばらく歩いてから、

「この飲み屋だ」

そう言って、八吉が軒先に赤提灯をぶら下げた小体な店の前で足をとめた。

戸口の腰高障子に、「酒処、ますや」と書いてあった。客がいるらしく、腰高障子の向こうから、男の濁声や瀬戸物の触れ合う音などが聞こえてきた。

八吉が腰高障子をあけた。

店のなかは薄暗かった。土間に飯台がふたつ置いてあり、男がふたり腰掛け代わりの空き樽に腰をかけて、酒を飲んでいた。職人か大工らしい男である。ふたりはだいぶ飲んでいるらしく、顔が赭黒く染まっていた。

ふたりは口をつぐみ、店に入ってきた隼人に目をむけた。警戒するような顔をしている。隼人は羽織袴姿で軽格の御家人のような格好をしていた。裏路地の飲み屋に、御家人ふうの武士が入ってくることなどないのだろう。

「だれか、いねえかい」

八吉が店の奥にむかって声をかけた。

すると、奥で下駄の音がし、土間の脇から小柄な男が出てきた。老齢で、鬢や髷は白髪が目立ち、皺《しわ》の多い猿のような顔をした男だった。店の親爺らしい。

男は汚れた前だれで濡れた手を拭《ふ》きながら近寄ってくると、

「いらっしゃい、酒にしやすか」

と、隼人に訝しそうな目をむけて訊いた。

「藤助、おれだよ。紺屋町の八吉だ」

八吉がそう言うと、藤助は細い目をいっぱいに瞠《みひら》いて、

「おお、紺屋町の、久し振りだな」

と言って、顔をくずした。

「酒をもらいてえが……。奥に小座敷があったな。そこを使わせてもらってもいいかい」

八吉は、他の客がいるので飯台では話ができないと思ったようだ。

「かまわねえよ。入《へえ》ってくんな」

藤助は、隼人と八吉を土間のつづきにある障子をたてた小座敷に連れていった。そこは狭い座敷で、四人も座ればいっぱいになりそうだった。馴染み客や土間の飯台に

腰掛けきれなくなった客を入れる座敷らしい。

隼人と八吉が小座敷に腰を下ろしていっときすると、藤助が酒と肴を運んできた。肴は鰈《かれい》の煮付けと冷奴《ひややっこ》だった。

藤助が酒肴《しゅこう》の膳《ぜん》を隼人たちの膝先に置いて、座敷を出ようとすると、

「藤助、手間はとらせねえ、そこへ腰を下ろしてくんな」

と、八吉が声をかけた。

「あっしに、何か用ですかい」

藤助が低い声で訊いた。顔から笑みが消え、細い双眸に刺すようなひかりが宿った。地まわりらしい凄みのある顔である。

「ここにおられるのは、八丁堀の旦那だ」

八吉が小声で言った。

「やっぱりそうでしたかい」

藤助は隼人にちいさく頭を下げただけで、表情も変えなかった。

「旦那は、いま江戸を騒がせている黒鴨を探っていなさるのよ」

「それで?」

「黒江町界隈に、黒鴨の頭が身をひそめていると聞き込んでな。この辺りのことなら、

おめえに訊くのが早えと思って、旦那を連れてきたわけだ」

「紺屋町の、おれは見たとおりの飲み屋の親爺だぜ。黒鴨のことなんざァ、まったく知らねえよ」

そう言うと、藤助は腰を上げそうになった。

「まァ、待ちな。……おれの聞き方が悪かった。それじゃァ、冬造という名を聞いたことがあるかい」

「冬造などという名は、聞いたことがねえ」

愛想のない声で答えたが、藤助は浮かせていた腰を下ろした。

「そうだろうよ。盗人なら、町方につかまれている名を遣うはずはねえからな。……五年ほど前のことだが、黒江町に越してきたうろんなやつはいねえかい。そうとう金は持っていたはずだ」

まわりくどい聞き方だが、八吉にすれば、そう訊くより他になかったのだろう。

隼人は黙って、猪口《ちょこ》の酒をかたむけていた。この場は八吉にまかせようと思ったのである。

「黒江町に五年ほど前《めえ》な……」

藤助はそうつぶやいて、記憶をたどるように虚空に視線をとめていたが、

「そういャア、玉乃屋《たまのや》を買った男がいたな。名は滝右衛門《たきえもん》で、柳橋《やなぎばし》の料理屋の隠居というう触れ込みだったが、あやしいもんだ」

そう言って、八吉と隼人に目をむけた。

「そいつのことをくわしく話してくんな」

「おれも、くわしいことは知らねえぜ」

そう前置きして、藤助が話しだした。

当時、玉乃屋の主人は病で寝込み、商売が左前になっていたこともあって、店の買い手を探していた。それを聞いた滝右衛門が、玉乃屋を居抜きで買い取ったという。包丁人や女中はそのまま残して使ったが、女将だけは滝右衛門が連れてきた。おもんという年増だという。

「滝右衛門は柳橋の料理屋の隠居という触れ込みだったが、玉乃屋の商売にはほとんど口を出さなかったそうだよ。それに、おもんという女は、どう見ても滝右衛門の情婦《いろ》だ。妾を囲うつもりで、玉乃屋を買ったんじゃァねえかな。……それにしても、大金だぜ。門前通りの老舗《しにせ》の料理屋を居抜きで買い取ったんだからな」

藤助が不審そうな顔で言った。

そのとき、黙って話を訊いていた隼人が、

「滝右衛門は、いまもその店にいるのか」

と、口を挟んだ。

「いるはずですがね。ちかごろ、黒江町に行ってねえし、はっきりしたことは分かりませんや」

藤助が首をひねった。

「ところで、滝右衛門の年格好は分かるかい」

八吉が訊いた。

「四十がらみでさァ」

藤助によると、滝右衛門は中背で面長、顎のとがった男だという。

……滝右衛門が冬造だ。

と、隼人は思った。年格好と体軀は、伊勢次から聞いた冬造のものである。

隼人と八吉は、半刻（一時間）ほど酒を飲んで、ますやを出た。すでに、暮れ六ツ（午後六時）にちかいだろうか。陽は西の家並の向こうに沈み、西の空は茜色の夕焼けに染まっていた。

「旦那、どうしやす」

八吉が門前通りを歩きながら訊いた。

「今日のところは、玉乃屋を見るだけだな」

これから、滝右衛門のことを聞き込むには遅すぎた。隼人は、明日にも出直そうと思ったのだ。

玉乃屋はすぐに分かった。黒江町に入って、通り沿いにあった小間物屋のあるじに訊くと、一ノ鳥居から半町ほど手前の右手の店だと教えてくれたのである。

二階建てで、老舗の料理屋らしい落ち着いた感じの店だった。すでに、客が入っているらしく二階の座敷の障子に人影が映り、嬌声《きょうせい》や男の哄笑などが聞こえてきた。

隼人と八吉は店の脇に立って、店に目をむけたが、すぐにその場を離れ、大川の方へむかって歩きだした。

隼人たちが玉乃屋の店先から半町ほど過ぎたときだった。玉乃屋の玄関の脇から、男がひとり通りへ出てきた。棒縞《ぼうじま》の小袖を裾高に尻っ端折りした遊び人ふうの男である。

男は隼人たちを尾け始めた。行き交う参詣客や遊山客にまぎれ、男は巧みに尾けていく。痩身《そうしん》で、いかにも敏捷《びんしょう》そうな感じがする。

隼人たちは、背後の尾行者に気付かなかった。大川端の通りへ出ると、川上に足をむけ、永代橋を渡った。そして、日本橋川沿いの道を日本橋にむかった。辺りは夕闇に染まり、通り沿いの表店は大戸をしめている。日中は賑やかな日本橋川沿いの通りも、いまはまばらである。

男はまだ尾けていた。隼人たちから半町ほど離れ、店仕舞いした表店の軒下や樹陰などに身を隠しながら尾けてくる。

隼人と八吉は江戸橋のたもとで分かれた。隼人は八丁堀にむかい、八吉は入堀沿いの道を北にむかった。隼人は八丁堀の組屋敷に、八吉は紺屋町の豆菊へ帰るのである。

男は隼人の跡を尾け始めた。

それから、隼人が八丁堀の組屋敷に入ると、男は路傍に足をとめ、

「八丁堀の同心か」

とつぶやいて、踵《きびす》を返した。隼人の正体を確かめたようである。

第五章　八吉危《あやう》し

1

隼人と八吉は、富ケ岡八幡宮の一ノ鳥居の脇にいた。そこは門前通りで、遊山客や参詣客などが絶え間なく行き交っていた。

隼人と八吉は、玉乃屋のあるじである滝右衛門を探りにきたのだ。

八吉が半町ほど先にある玉乃屋に目をやりながら、

「旦那、どうしやす」

と、訊いた。

「ふたりでつるんで、聞きまわることもないな。どうだ、陽が沈むころにここに来ることにして、別々に聞き込んだら」

隼人は上空に目をやって言った。

陽は西の空にまわっていたが、まだ陽射しは強かった。八ツ半（午後三時）ごろではあるまいか。陽が沈むころまでには、一刻半（三時間）ほどありそうだ。

「そうしやしょう」

八吉はすぐに同意した。

隼人は門前通りを東方へ歩き、八吉は西方に歩いて聞き込みをすることにし、ふたりはその場で分かれた。

ひとりなった隼人は、さて、どこの店で訊いてみるか、と胸の内でつぶやいて、門前通りに目をやった。

隼人の目に、紅屋が入った。店先の台に、貝殻に塗った紅が並んでいる。小体だが小綺麗《こぎれい》な店だった。

町娘がふたり店先に立って、あるじと思われる男と話していた。あるじが、貝殻の紅を勧めている。あるじといっても、まだ若い、二十代半ばと思われる痩身の男だった。色白で鼻筋がとおっていた。役者にしてもいいような男前である。女客の多いこうした店に、ふさわしい男かもしれない。

隼人が店に近付くと、ふたりの娘はあるじから品物を受け取り、何か言葉を交わしてから店先を離れた。あるじが勧めた紅を買ったらしい。

隼人は、紅屋のあるじに聞いてみようと思った。玉乃屋からは近いし、近所の女たちを相手にして話す機会が多いので、玉乃屋の滝右衛門の噂も耳に入るだろうと踏んだのである。

隼人は、店先で貝殻の紅を並べ直している男に近付き、

「店のあるじかな」

と、訊いた。

「はい、あるじの新之助《しんのすけ》ですが」

新之助が、怪訝そうな顔をして隼人を見た。名前まで、役者のようである。さぞかし、娘たちには人気があるだろう。

「つかぬことを訊くが、この先の玉乃屋を知っておるか」

隼人が玉乃屋を指差して訊いた。

「知ってますが」

「あるじは、滝右衛門という男だが、顔を見たことがあるかな」

「ございます」

新之助の顔の不審そうな色が濃くなった。隼人が、何を聞こうとしているか分からなかったからであろう。

「実はな、おれは玉乃屋の女将のおもんと縁があってな」

隼人が急に声をひそめて言った。おもんの顔も知らなかったが、新之助から話を聞き出すためにそう言ったのである。

「………」

新之助は驚いたような顔をしたが、隼人にむけられた目には好奇の色があった。

「おもんは、病気などしていまいな」

隼人は心配そうな顔をして見せた。

「お元気のようですが」

新之助が小声で言った。

「滝右衛門と、うまくいっているようかな」

「さァ、そこまでは存じませんが」

新之助の方で一歩近寄った。隼人の話に乗ってきたようである。

「いまも、滝右衛門は店にいるのだな」

「それが、ちかごろはあまりいないようですよ」

「店にいないと」

「はい、店の奉公人の話では、三日に一度くらいしか店にいないそうです」

「どこへ、出かけているのだ」

隼人は巧みに話を進めた。

「中島町ではないかという者もおりますが……」

新之助は、首をひねった、はっきりしないらしい。

「中島町のどこへ行っているのだ」

深川中島町は黒江町の西方にあり、掘割沿いにひろがっている。

「さァ……。店の客から、玉乃屋の旦那を中島町で何度か見かけたことがあると聞いた覚えがあるだけで、てまえには分かりませんが」

「そうか。ところで、滝右衛門のところに牢人が訪ねてくることはないかな」

隼人は、藤沢が滝右衛門を訪ねてくるのではないかと思ったのだ。

「よく来るようですよ。奉公人が言ってましたし、てまえも何度かこの通りをふたりで歩いているのを見たことがございます」

「撫で肩で、鼻の高い男ではないかな」

隼人は、牢人の前坂から聞いた人相を口にした。

「その男です」

「やはりそうか」

藤沢である。とすれば、滝右衛門が黒鴨一味の頭目の冬造とみていいだろう。

「ところで、お武家さまは何かのお調べですか」

ふたたび、新之助の顔に不審そうな表情が浮いた。隼人の問いが、町方の聞き込みのように感じられたのかもしれない。

「い、いや、おもんのことで訊きたかったのだ。むかしな、あまりひとには言えない仲になってな。そんなことは、どうでもいい。……おい、あるじ、おれのことは玉乃屋の者に話すなよ。よいな」

隼人が、慌てた様子で言った。

「は、はい」

新之助が首をすくめて答えたが、口元に薄笑いが浮いていた。

「また、様子を聞きに来るかもしれんぞ」

隼人はそう言い置いて、店先から離れた。

それから、隼人は表通り沿いの店に三軒立ち寄って話を聞いたが、新之助から聞いたことの他に新たなことは分からなかった。

四軒目の店から通りに出たとき、陽が西の家並の向こうに沈みかけていたので、隼人は一ノ鳥居に足をむけた。

一ノ鳥居の脇に、八吉が待っていた。

隼人は八吉と顔を合わすと、

「八吉、腹がすいたのではないか」

と、すぐに訊いた。

「それほどでも……。旦那、永代橋を渡ってからそばでも食いやすか」

八吉は、江戸橋のたもと近くにうまいそば屋があるのを知っていたのだ。

「それがいい」

隼人は、歩きながら話すか、と言って、大川の方へ足をむけた。

「へい」

八吉は、隼人の後ろに跟《つ》いてきた。

2

掘割にかかる八幡橋を渡りながら、

「やはり、滝右衛門が冬造のようだ。玉乃屋を買った金は、黒鴨一味として押し込みで奪ったものだな」

そう言って、隼人は新之助から聞いた話をした。

「滝右衛門が玉乃屋を留守にすることが多いってえ話は、あっしも聞きやしたぜ」

八吉が後ろから言った。

「行き先は中島町とのことだが、どこなのか分からん」

「あっしの聞いた話だと、玉乃屋に顔を出す牢人の住んでいる家が、中島町にあるそうですよ」

「なに、牢人の家だと。その牢人は、藤沢だぞ」

「やっぱり藤沢ですかい。あっしも、そう睨んだんでさァ」

「おそらく借家だろうが、藤沢の新しい塒が盗人たちの密談の場所になっているのではないかな」

隼人が声を大きくして言った。

「そこに、黒鴨一味の何人かが集まって押し込みの相談をしたにちげえねえ」

「冬造は、いまでもそこに行くようだ」

「旦那、冬造がその家にいるときに襲えば、ふたりいっしょにお縄にできやすぜ」

「よし、中島町の家を探し出そう」

隼人は、その家さえつかめれば、黒鴨一味の隠れ家をいっせいに襲って、頭目以下を捕らえることができると踏んだ。

そんなやり取りをしながら、隼人と八吉は、大川端の道へ出た。そこは、深川相川町である。すでに、大川端は淡い夕闇につつまれていた。その夕闇のなかに、永代橋が辺りを圧するように黒く浮かび上がっている。

通り沿いの表店は店仕舞いし、人影もほとんどなかった。ときおり、居残りで仕事をしたらしい職人や帰りがけに一杯ひっかけたらしい船頭などが、通り過ぎていくだけである。

隼人たちの足元から、大川の流れの音と汀《みぎわ》に寄せる川波の音が絶え間なく聞こえてきた。

相川町に入って一町ほど歩いたときだった。隼人は、大川の流れの音のなかに走り寄る足音を聞いた。

振り返ると、武士と町人が走ってくる。ひとりは総髪の牢人だった。鼻梁が高く、細い目をしていた。中背で撫で肩である。牢人の身辺に、するどい殺気があった。

「藤沢だ！」

隼人は、牢人が藤沢だと察知した。

一方、町人は痩身だった。こちらは手ぬぐいで頰っかむりしていた。疾走してくる姿が獲物を追う狼のようだった。隼人と八吉の跡を尾けた男だが、隼人たちは、そのことを知らない。

「もうひとりも仲間だぞ」

町人に見覚えはなかったが、黒鴨のひとりであろう。冬造か、宗八ではあるまいか。

「旦那、あっしらを襲う気ですぜ」

八吉がうわずった声で言った。

「そのようだ」

隼人たちの探索の手が、身辺に迫ってきたのを感じて始末する気になったのだろう。

「旦那、相手はふたりだ。何とかなりますぜ」

八吉はすぐに懐から鉤縄を取り出した。八吉の声には昂ったひびきがあったが、怯えた様子はなかった。双眸が、夕闇のなかで底びかりしている。

「やるか」

隼人は川岸を背にして立つと、左手で兼定の鍔元を握り、鯉口を切った。

藤沢と町人は走り寄ると、藤沢が隼人と対峙《たいじ》し、町人が八吉の前にまわり込んだ。

「藤沢甚左衛門か」

いきなり、隼人が訊いた。

藤沢は驚いたような顔をしたが、すぐに表情を消し、

「名まで知られたからには、どうあっても斬らねばならぬな」

と、くぐもった低い声で言った。

藤沢の細い目が、蛇《くちなわ》のように隼人を見すえている。

「斬れるかな」

言いざま、隼人は兼定を抜いた。

藤沢は左手で鯉口を切り、右手を刀の柄に添えて居合腰に沈めた。

藤沢の間合は、およそ三間半。まだ、居合の抜き付けの間合の外だった。

隼人は青眼《せいがん》に構え、切っ先を藤沢の目線につけて全身に気勢をこめた。

すると、藤沢の顔に驚きの色が浮いた。隼人の剣尖《けんせん》に威圧を感じたにちがいない。

おそらく、藤沢は八丁堀同心である隼人が、剣の遣い手だとは思っていなかったのだろう。

「おぬし、腕に覚えがあるようだな」

藤沢が抜刀体勢をとったまま言った。驚きの表情は消え、全身に気勢が満ちてきた。

藤沢は趾《あしゆび》を這うように動かし、ジリジリと間合をつめてくる。居合の抜き付けの一刀をはなつ間境に踏み込もうとしているのだ。

「おぬしの居合は、田宮流か」

言いながらも、隼人は藤沢との間合を読んでいた。

隼人の胸に、野上が口にした、居合と闘うときは間合が勝負だ。……先をとって仕掛けろ、という言葉がよぎった。

「いかにも」

藤沢は抜き付けの一刀をはなつ間合に迫ってきた。間合が狭《せば》まるにつれて、藤沢の体が大きくなったように感じられ、眼前に迫ってくるような迫力があった。

……手練だ！

と、隼人は察知した。

藤沢は、居合の構えだけで相手に威圧を感じさせているのだ。

隼人と藤沢との間に緊張が高まり、斬撃《ざんげき》の気配が満ちてきた。ふたりは痺《しび》れるような剣気をはなっている。

周囲の物音が消え、時がとまったような緊張と静寂がふたりをつつんでいる。大川の流れの音も汀に打ち寄せる川波の音も、隼人の耳にはとどかなかった。

藤沢が居合の斬撃の間境の半歩手前まで迫った。その全身に、いまにも抜刀しそうな気配が満ちている。

つッ、と隼人が右足を前に出した。誘いである。誘いに乗って、藤沢が動いた瞬間の隙をとらえようとしたのだ。

刹那《せつな》、藤沢の全身が膨《ふく》れ上がったように見え、抜刀の気がはしった。

……いまだ!

と、隼人は頭のどこかで感知した。

瞬間、隼人の全身に斬撃の気がはしった。

タアッ!

鋭い気合とともに隼人の体が躍動し、閃光がはしった。

隼人の刀身が青眼から袈裟へ。

間髪をいれず、藤沢が抜きつけた。

迅《はや》い! まさに、稲妻のような抜きつけの一刀である。

藤沢の居合の斬撃が逆袈裟に。

袈裟と逆袈裟にはしった二筋の閃光が、ふたりの眼前で合致《がっち》し、甲高い金属音ととともに青白い火花が散った。

次の瞬間、隼人は背後に跳びながら二の太刀をふるった。藤沢の手元に突き込むように籠手《こて》をみまったのだ。神速の連続技である。

藤沢も背後に跳んだ。両足が着地した瞬間、刀身が弧をえがいて鞘に納まった。一瞬の納刀である。

居合は抜刀の迅さが命だが、納刀の迅さも腕のうちである。それというのも、居合は抜刀すると威力が半減するので、次の攻撃のためにも速く納刀することが大事だからだ。

藤沢はすばやく右手を柄に添え、居合腰に沈めて抜刀体勢をとった。

右手の甲が出血し、タラタラと血が滴《したた》り落ちていた。隼人のはなった籠手斬りが、手の甲をとらえたのである。ただ、浅手だった。闘いに支障はないだろう。

「やるな」

藤沢が低い声で言った。

顔が紅潮して、唇が赤みを帯び、双眸に切っ先のようなひかりがあった。藤沢は血を見たことで、気が昂ってきたようだ。

そのときだった。川岸近くで、ギャッ、という叫び声が聞こえた。町人だった。身をのけぞらせて後ろによろめき、左手で胸を押さえている。

八吉が鉤縄を右手に持って、構えようとしていた。どうやら、八吉が投じた鉤縄の鉤が町人の胸に当たったらしい。

八吉は鉤を投げた後、すばやく縄を手繰って次の攻撃体勢をとったようだ。

町人は足を踏ん張って体勢をたてなおしたが、顔が苦痛にゆがみ、体が大きく揺れた。右手に持った匕首が夕闇のなかで、ビクビクと震えている。

これを見た藤沢の顔に、驚きと戸惑いの表情が浮いた。まさか、老齢の町人が鉤縄を遣うなどとは思ってもみなかったのだろう。それで、町人とふたりで隼人たちを斃せると踏んで、仕掛けたにちがいない。

だが、形勢はあきらかに不利だった。すでに、町人は戦意を失っている。このままでは町人が斃され、次は鉤縄を遣う町人も自分にむかってくる、と藤沢は読んだようだ。

藤沢は抜刀体勢をとったまますばやく後じさった。そして、隼人との間があくと、

「引け！」

と一声上げて、反転した。

藤沢は大川端の道を川上にむかって逃げた。

隼人は追わなかった。藤沢の逃げ足が速かったこともあるが、今日のところは町人を捕らえようと思ったのである。

藤沢が逃げ出したのを見た町人は顔を恐怖でひき攣らせ、悲鳴のような叫び声を上げて駆け出した。

「逃がさねえぜ」

言いざま、八吉が鉤縄の熊手のような鉤を投げた。

ゴン、というにぶい音がし、町人が身をのけぞらせた。鉤が後頭部に当たったのだ。

頭が揺れ、血が噴いた。

町人は手にした匕首を落とし、喉のつまったような呻き声を上げて大きくよろめいた。そして、足がとまると両手で頭をおおったままうずくまり、地面に尻餅をついた。

八吉が町人のそばに駆け寄り、
体を痙攣《けいれん》させ、苦しげに呻き声を洩らしている。

「てめえ、何てえ名だ」

と、訊いた。

町人は呻き声の合間に、「ソウハチ……」と言ったようだったが、はっきりしなかった。

ふいに、町人の痙攣が激しくなり、呻き声が喉のつまったような喘鳴《ぜんめい》に変わった。

そして、頭を押さえていた町人の両手がだらりと下がり、首が前に垂れた。

「死んじまったぜ」

八吉が渋い顔をして言った。八吉にすれば、生きたまま捕らえたかったのだろう。

「この男が、宗八のようだな」

そばに立っていた隼人が、小声で言った。

「こいつ、どうしやす」

「そうだな、とりあえず、川岸の叢《くさむら》のなかにでも引き摺《ず》り込んでおくか。この場に置いたのでは、明日の朝、大騒ぎになるだろう」

隼人は、明朝手先に指示して死体をかたづけさせようと思った。

3

隼人と八吉が、大川端で襲われた三日後だった。その日、隼人は八吉とふたりで深川中島町へ出かけた。藤沢の隠れ家を探すためである。

隼人は借家であろうと見当をつけ、牢人の住んでいる借家はないか、中島町の町筋を歩いて聞き込んだが、それらしい借家はみつからなかった。

陽が西の空にまわった八ツ半（午後三時）ごろ、隼人たちは中島町を出て、永代橋の方へ足をむけた。藤沢たちに襲われたこともあり、人通りのある暮れ六ツ（午後六時）前に八丁堀に帰ろうと思ったのだ。

隼人は、八吉とふたりだけで夕暮れ時に深川を歩きまわるのはあぶないとみていた。次に藤沢たちが襲ってくるときは人数を増やし、隼人と八吉を斃せるだけの戦力で来るはずである。

「旦那、聞き込みは手先にやらせたらどうです。何も、八丁堀の旦那が歩きまわることはねえ」

永代橋を渡りながら八吉が言った。

「藤沢の始末がついたらそうしよう」

藤沢たちに命を狙われているのは、隼人たちだけではない。他の同心や岡っ引きたちも同様である。それに、いまでも岡っ引きたちは、黒鴨一味の探索に二の足を踏んでいるのだ。

そんなやり取りをしながら、ふたりは日本橋川沿いの通りを西にむかい、江戸橋のたもとまで来た。

「八吉、気をつけて帰れよ」

隼人は八吉に声をかけてから江戸橋を渡った。

これから、隼人は八丁堀にむかい、八吉は入堀沿いの道をたどり、日本橋の町筋を抜けて紺屋町の豆菊まで帰るのである。

隼人が聞き込みを早めに切り上げた理由のひとつに、江戸橋のたもとで隼人と八吉が分かれて別の道を帰ることもあった。ひとりになると、藤沢たちに襲われる危険が増すのである。

隼人は何事もなく、八丁堀の組屋敷に着いた。おたえは、上機嫌で隼人を出迎えた。いつもとちがって、まだ陽のあるうちに隼人が帰ってきたからである。

おたえは隼人の着替えを手伝いながら、

「旦那さま、今日はゆっくりお休みなさいませ。いつも、御番所（奉行所）のお仕事で大変なんですから」

と、甘えたような声で言った。

「おたえといっしょに、早めに休もう」

そう言って、隼人がすばやくおたえの尻を撫でた。

「まァ……、嫌なひと」

おたえはそう言って頬を赤くしたが、嫌そうな顔ではなかった。

それから、半刻（一時間）ほどし、隼人が夕餉を終えて居間にもどったときだった。戸口に近寄るせわしそうな足音がし、訪《おとな》いを請う声が聞こえた。だれか来たようである。いっときして、居間の障子があき、おたえが顔を出した。

「どうした？」

すぐに、隼人が訊いた。

「繁吉さんが、来てます。旦那さまにお知らせすることがあるそうです」

おたえが、不安そうな顔をして言った。

「分かった」

隼人は急いで廊下に出ると、戸口にむかった。おたえが慌てて跟《つ》いてきた。

戸口の暗がりに、繁吉が立っていた。すこし、顔がこわばっている。

「繁吉、何かあっのか」

「いえ、何かあったわけじゃァねえんですが、どうも気になるんで」

「何が気になるのだ」

「へい……。あっしは初蔵店に様子を見にいった帰《けえ》りに、八吉親分のところに立ち寄ったんでさァ」

初蔵店は、黒鴨一味のひとりである利根七の塒だった。繁吉や利助たちは、猪十の隠れ家を見張るとともに、民造と利根七の動向にも目を配ることになっていたのだ。

「豆菊で、八吉親分や利助と顔を合わせて話をしやした。その帰りに、豆菊から出たところでうろんな男を見かけたんでさァ」

繁吉によると、その男は手ぬぐいで頬っかむりした町人で、豆菊の斜向かいの店の脇に立っていたという。店の脇に路地があり、男はその路地の入り口にいて豆菊に目をやっていたそうだ。

繁吉は気付かない振りをし、店先からすこし離れてから男に目をやると、男はちょうど路地の奥にむかって歩きだしたところだった。

……豆菊を見張っていたのかもしれねえ。

と繁吉は思い、急いで引き返して路地を覗いてみた。

男の背が路地の先に見えた。足早に歩いていく。

……尾けてみるか。

繁吉は男の跡を尾け始めた。

路地は短く、一町ほど先で表通りに突き当たった。男は表通りに出ると、右手におれた。

繁吉は小走りに路地を抜けて表通りに出ると、男がむかった先に目をやった。男は表通りに出てすぐに出会ったらしく、牢人体の男と何やら話しながら歩いていた。

「その牢人が、藤沢じゃァねえかと思いやした」

繁吉が言い足した。

「どんな男だった」

「後ろ向きでしたんで面《つら》は見えなかったんですが、総髪で撫で肩でした」

「藤沢だ。……そうなると、豆菊を見張っていた男は、黒鴨一味のひとりとみていいな」

「あっしも、そう思いやした」

繁吉は、さらに男と牢人の跡を尾けたという。

ふたりの男は、表通りをしばらく歩いてから左手の路地に入った。

繁吉は、ふたりが入った路地の角まで小走りに来て路地の先に目をやったが、ふたりの姿はなかった。

路地は半町ほど先で四辻になっていた。ふたりは、左右のどちらかにまがったらしい。

繁吉は走った。そして、四辻まで来て通りの左右に目をやったが、ふたりの姿はどちらにもなかった。咄嗟に、繁吉は右手の路地に走り込んだ。人通りが多く、行き交う人にまぎれてふたりの姿が見えなかったのではないかと思ったのだ。

繁吉は路地の周囲に目をくばりながら走ったが、ふたりの姿を目にすることはできなかった。

「うまくまかれたようでさァ」

繁吉が渋い顔をして言った。

「それで、どうした」

「仕方なく、深川へ帰ろうと思って、両国橋の方へ歩きかけやした。そんとき、かめやの親爺と女房が、黒鴨一味に襲われて斬り殺されたことを思い出したんでさァ」

繁吉がこわばった顔で言い添えた。

「黒鴨一味が、豆菊を襲うために下見に来たと思ったのだな」

「へい、すぐに豆菊に引き返そうと思いやしたが、黒鴨一味が押し入ってきたら、あっしがいても何の役にもたたねえ。それで、ともかく旦那にお知らせしようと駆け付けたんでさァ」

「繁吉、よく知らせにきた。黒鴨一味は、豆菊を襲う気だぞ。それも、今夜だな」

藤沢たち黒鴨一味にとって、八吉と隼人は一日でも早く始末したいはずだった。それに、利助と綾次が町方の手先であることも気付いているかもしれない。豆菊の様子を見に来たのなら、今夜押し込んでくるとみた方がいいだろう。

「おたえ、刀を頼む」

隼人がおたえに声をかけた。

「は、はい」

おたえが飛び上がるような勢いで立ち上がり、慌てて奥へむかった。隼人の兼定を取りに行ったのである。この間、隼人は居所にいる庄助に、すぐに天野の屋敷に走り、黒鴨一味が襲撃するかもしれないので、屋敷にいる手先を連れて紺屋町の豆菊に行くよう伝えさせた。

「だ、旦那さま、こ、これを」

おたえが、兼定を差し出した。

「大事が出来《しゆつたい》した。おたえ、戸締まりを忘れるな」

隼人が兼定を腰に帯びながら言った。

「だ、旦那さま、遅くなりますか」

おたえは、恨めしそうな顔をして隼人の顔を見た。今日は、隼人が早く帰ってきたので、久し振りにゆっくり夫婦水入らずの時を過ごそうと思っていたのであろう。

「先に寝ていろ。いつになるか、分からぬからな」

隼人は、八吉と利助の命があぶないのだ、と小声で言い添えた。

「…………！」

おたえが、息を呑んだ。そして、旦那さま、お気をつけて、と心配そうな顔をして言った。夫婦の睦言《むつごと》どころではない、と分かったようだ。

「おたえ、行ってくるぞ」

隼人は戸口から外へ飛び出した。

頭上は満天の星だった。同心の組屋敷がつづく上空に月が皓々《こうこう》とかがやき、隼人たちの行く道を仄白《ほのじろ》く浮かび上がらせていた。

4

隼人と繁吉は、人気《ひとけ》のない八丁堀を走った。風のない静かな夜である。六ツ半（午後七時）を過ぎているだろうか。通り沿いの組屋敷から灯が洩れていたが、人声も物音も聞こえてこなかった。

隼人たちは走った。

……豆菊の客がいなくなる前に着かねばならぬ。

と、隼人は思った。黒鴨一味は、豆菊の客が帰り、店の戸締まりをする前に踏み込むのではないかとみたのだ。

隼人たちは江戸橋を渡り、入堀沿いの道を北にむかった。米河岸のある入堀沿いの道は、日中大変な賑わいを見せるが、いまは静かだった。通り沿いの表店は大戸をしめて、ひっそりとしている。それでも、半纏を羽織った船頭や腰切半纏姿の人足らしい男などの姿が、ちらほら見えた。

隼人たちは入堀にかかる道浄橋を渡り、伊勢町の町筋を抜けて紺屋町にむかった。

隼人と繁吉は懸命に走った。そのうち息が上がり、心ノ臓が早鐘のように鳴り、足がもつれるようになってきた。日頃、隼人は町筋を歩いていることもあって足腰は丈夫だったが、さすがに走りづめでここまで来ると、息が苦しくなった。

それでも、走るのをやめなかった。ともかく、黒鴨一味に襲われる前に、豆菊に着きたかったのだ。

紺屋町に入り、しばらく路地をたどると、前方に豆菊が見えてきた。戸口から灯《ひ》が洩れている。かすかに、男の話し声と哄笑が聞こえた。まだ、客がいるらしい。

……間に合った！

と、隼人は思い、足をとめた。豆菊が襲われた様子はなかった。

隼人は肩で息をしながらゆっくりと歩いた。歩きながら、息をととのえたのである。繁吉も、荒い息を吐きながら隼人の後ろに跟《つ》いてきた。

隼人と繁吉が豆菊の近くまで来たとき、戸口の格子戸があいて職人ふうの男がふたり、店から出てきた。ふたりにつづいて、おとよも姿を見せた。

どうやら、おとよはふたりの客を見送りに戸口まで出てきたようだ。ふたりの客は、おとよに何か声をかけてから店先を離れ、ふらつきながら路地へ出た。ふたりの姿が、夜陰に溶けるように消えていく。

おとよは店にもどろうとしたようだが、近付いてくる隼人と繁吉の足音に気付いて振り返った。

「あら、旦那、いらっしゃい」

そう声をかけたが、おとよの顔に戸惑うような表情が浮いた。隼人と繁吉の顔に、いつもとちがう緊張があるのを目にしたからであろう。

「おとよ、ともかく入らせてもらうぞ」

隼人と繁吉は、おとよにつづいて店に入った。

店のなかには、だれもいなかった。小上がりにふたり分の膳が置いてあり、銚子が何本か立ててあった。さきほど、店を出ていったふたりの男が飲んでいた場所らしい。

「八吉と利助は？」

隼人が訊いた。

「いますよ」

八吉と利助は、暮れ六ツ前に帰ってきて板場を手伝っているという。綾次は、明るいうちに長屋に帰ったそうだ。

「ここに、呼んでくれ」

隼人は兼定を鞘ごと抜くと、小上がりの框に腰を下ろした。繁吉も隼人の脇にきて膝を折った。

「すぐ、呼びますよ」

おとよは、足早に板場にむかった。

待つまでもなく八吉と利助が顔を出した。おとよは、もどってこなかった。奥で水を使う音が聞こえるので、八吉たちに代わって洗い物を始めたのだろう。

「旦那、どうしやした」

八吉が驚いたような顔をして訊いた。

「はっきりしないのだがな、黒鴨一味が今夜、この店に押し込んでくるかもしれん」

隼人は、脇に腰を下ろしている繁吉に顔をむけ、まず、おまえから話してくれ、と声をかけた。

「あっしが、この店を出てすぐのことなんで」

繁吉はそう前置きして、うろんな町人が店を見張っていたことから、八丁堀へ駆け付けて隼人に話し、ふたりでここへ来たことまでをかいつまんで話した。

「すると、今夜にも、ここを襲うってことですかい」

八吉が顔をこわばらせた。利助の顔にも驚怖《きょうふ》の色が浮いている。

「おれは、来るとみた」

隼人は、すでに天野にも知らせてあることを言い添えた。

八吉と利助は言葉を失っていたが、

「だ、旦那、黒鴨一味がここへ押し込んでくるなら、やつらをつかまえるいい機会ですぜ」

と、利助が昂った声で言った。

「だが、どれほどの人数で踏み込んでくるか分からんのだ。それに、藤沢がいることは間違いない」

「に、逃げやすか」

利助が戸惑うような顔をした。

「いや、逃げん。今夜、逃げても、明日襲ってくるかもしれん。二度とこの店に手を出さないようにしておかねば、安心してここで暮らせないぞ」

隼人は、藤沢さえ討ち取れば、黒鴨一味の襲撃はなくなるとみていた。

「やりやしょう」

八吉が目をひからせて言った。老いてはいたが、腕利きの岡っ引きだったころを思わせる凄みのある顔である。

「すぐに、押し込んでくるかもしれん。八吉、まずおとよを一味の目のとどかないところに隠せ。……繁吉、店の戸口の隙間から外を見張ってくれ」

隼人が指示した。

「へい」

繁吉が立ち上がり、戸口へ身を寄せた。

八吉も板場にむかった。おとよに、身を隠すように話してくるのだろう。

「旦那、あっしは何をやればいいんです」

利助が土間で足踏みしながら訊いた。

「何か投げつける物でも用意してくれ。……いいか、やつらが入ってきても捕ろうなどと思うなよ。匕首や長脇差を持ったやつに近寄ると、ブスリとやられるぞ」

隼人は戸口にいる繁吉にも聞こえる声で言った。

「すぐ、持ってきやす」

利助は、板場の方へ小走りにむかった。

利助と八吉のふたりで、板場に置いてあったらしい、丼、小鉢、皿などを運んできた。利助は目をつり上げ、手ぬぐいで鉢巻きをし、帯に包丁とすりこぎを差していた。なんとも、ひどい格好である。だが、八吉も繁吉も笑わなかった。ふたりとも、顔をこわばらせている。

そのとき繁吉が、

「き、来た！」

と、声を殺して言った。

隼人はすぐに戸口に近寄り、繁吉に身を寄せて格子戸の隙間から外を覗いた。

夜陰のなかに黒い人影が見えた。

ひとり、ふたり、三人、四人……。都合四人だった。戸口の方へ足音を忍ばせて近寄ってくる。おそらく、四人とも黒鴨一味であろう。

……藤沢がいる！

二番手に、総髪の牢人体の男がいた。闇が濃く、顔ははっきりしなかったが、体付きは藤沢のようだ。

他の三人は町人だった。いずれも黒の半纏や筒袖、それに股引姿で、手ぬぐいで頬っかむりしていた。黒鴨の格好ではないが、よく似ている。三人のうち、ひとりは長脇差を差していた。

三人の町人の動きから、頭目の冬造がくわわっていないのではないかとみた。

「利助と繁吉は下がれ。裏手に逃げられる場所にいて、やつらが近付いたら皿や丼などを投げつけろ」

隼人が指示すると、繁吉と利助は小上がりの隅と土間の奥の板場につづく場に身を隠した。

隼人は戸口から身を引いて、小上がりの框近くに立った。八吉は隼人の脇に身を寄せた。すでに、鉤縄を手にしている。入ってきた賊に、一撃浴びせてから逃げるつもりなのだろう。

ヒタヒタと、戸口に近付いてくる足音が聞こえた。

隼人は兼定を抜いて、低い八相に構えた。できれば、藤沢が抜刀する前に一太刀なりとも浴びせたかったのだ。

5

足音は戸口の前でとまった。すぐに、格子戸はひらかなかった。なかの様子をうかがっているらしい。

隼人は戸口から見えない場所に身を置いていた。息を殺して、一味が入ってくるのを待っている。

どこからか風が入ってくるらしく、土間と小上がりの隅に置いてある燭台《しょくだい》の火が揺れ、店内の闇を掻き乱していた。

ガラッ、と格子戸があいた。一瞬、間を置いて、黒い人影が店に入ってきた。町人体だった。前屈みの格好で、胸のあたりに匕首を構えている。手ぬぐいで頬っかむりをしているので、顔は分からなかったが、小太りの男だった。

男につづいて藤沢が入ってきた。すでに、左手で鍔元を握って鯉口を切り、右手で柄を握っていた。いつでも抜刀できる体勢をとっている。さらに、後ろからふたりの男が土間に入ろうとしていた。

小太りの男と藤沢は、店内に視線をまわした。そのとき、ふたりは隼人と八吉の人影を目にしたらしく、

「いやがった!」

小太りの男が声を上げた。

と、八吉が手にした鉤縄の鉤を小太りの男にむかって投げた。

咄嗟に、男は脇に跳んで逃れた。

八吉につづいて、隼人も仕掛けた。身を低くし、八相に構えたまま藤沢の脇から踏み込んだ。

「おのれ!」

声を上げざま、藤沢が体を隼人にむけ、居合腰に沈めた。

タアッ！

鋭い気合を発し、隼人が斬り込んだ。

八相から袈裟へ。

瞬間、藤沢が抜きつけた。

シャッ、という刀身の鞘走る音とともに赤い閃光がはしった。藤沢の刀身が燭台の灯を反射《はね》たのである。

キーン、という甲高い金属音がひびき、青火が散って、ふたりの刀身がはじき合った。次の瞬間、藤沢の体勢がくずれ、後ろへよろめいた。隼人の八相からの斬撃が強く、はじき合った瞬間、押されたのだ。

居合の抜きつけの一刀は、片手である。隼人の斬撃は両手で、しかも膂力《りょりょく》がこもっていた。斬撃の強さがちがったのだ。

すかさず、隼人が二の太刀をはなった。踏み込みざま、袈裟へ。

ザクッ、と藤沢の肩から胸にかけて着物が裂けた。隼人の切っ先がとらえたのである。

あらわになった肩口に血の色が浮いた。だが、浅手らしい。藤沢はすばやい動きで、戸口近くの板壁のところまで下がり、隼人との間合をとった。

そのとき、店のなかで皿や丼などの割れる音がひびき、男の怒号や悲鳴が飛び交った。利助と繁吉が、黒鴨一味の三人に投げ付けているのだ。薄闇のなかで黒い人影が交錯し、手にした匕首や長脇差が、激しく揺れ動いている。

「やろう！　これでもくらえ」

利助が叫び声を上げ、腰に差していた包丁を投げ付けた。

包丁は、賊のひとりの肩先をかすめただけだったが、つづいて投じた八吉の鉤縄の鉤が小太りの男の胸に当たった。

ギャッ！　と絶叫を上げて、男が身をのけ反《ぞ》らせた。男はよろめきながら、土間の隅の板壁に背を当てて体勢をたてなおした。

「やろう！　皆殺しにしちまえ」

男が吼《ほ》えるような声で叫んだ。

さらに、利助と繁吉が皿や小鉢を投げ付け、店のなかで瀬戸物の割れる音がひびいたときだった。

戸口から、三人の男が踏み込んできた。天野と小者の与之助、それに岡っ引きの亀吉である。天野は南茅場町に住む亀吉に声をかけて連れてきたらしい。

「黒鴨一味だ。捕らえろ！」

天野が声を上げた。

これを見た藤沢が、

「引け！　引け！」

と声を上げ、板壁に背を擦らせるようにして戸口へ逃れた。慌てている。これほど、助太刀がくわわるとは思ってもみなかったのだろう。

「逃さぬ！」

隼人が踏み込んで斬り込むのと、藤沢が戸口から外へ飛び出すのとが同時だった。

隼人の切っ先が、藤沢の肩先をかすめて空《くう》を切った。

藤沢は外へ飛び出した。

つづいて、隼人も外へ出た。藤沢は夜陰のなかを逃げていく。隼人は後を追った。

ここで、藤沢を仕留めたかったのだ。

隼人につづいて、黒鴨一味のふたりが店から飛び出してきた。大柄な男と痩身の男である。八吉の鉤を胸にあびた小太りの男は、店から出てこなかった。

ふたりの男につづいて、天野と八吉たちが飛び出してきた。

「追え！　逃がすな」

天野が声を上げ、後を追った。八吉、繁吉、それに与之助の三人がつづいた。利助と亀吉は、出てこなかった。店に残ったひとりを捕らえようとしているのかもしれない。

一方、隼人は藤沢を追っていた。藤沢の逃げ足は速かった。夜陰のなかに藤沢の後ろ姿が見えたが、しだいに遠ざかっていく。

……追いつけぬ。

隼人はあきらめて、足をとめた。

店の方を振り返ったとき、店先からこちらに走ってくる数人の黒い人影が見えた。ふたりの男が逃げ、天野たちが後を追っているようだ。

ワアッ！　という叫び声が聞こえ、逃げてくる大柄な男が、上体を後ろに反らせてよろめいた。八吉の投げた鉤が、男の着物の肩先にひっかかったようだ。八吉は足をとめて、鉤縄を引いている。

足のとまった大柄な男に、後ろからきた与之助が飛びかかり、後ろへ引き倒そうとした。

「い、猪十の兄い、助けてくれ！」

大柄な男が悲鳴のような声を上げた。

瘦身の男は、大柄な男にかまわず逃げた。この男が猪十らしい。猪十は隼人の方へ駆け寄ってくる。

咄嗟に、隼人は通り沿いの店屋の軒下闇に身を隠した。猪十をここで捕らえず、跡を尾けようと思ったのである。ここで、隼人が逃げてくる猪十の前に立ちふさがれば、捕らえられるだろう。

だが、肝心の藤沢と頭目の冬造に逃げられてしまう。おそらく、ふたりは捕らえられた一味の者が口を割る前に、江戸から逃げようとするだろう。何としても、その前にふたりを押さえねばならない。

……猪十は、かならず逃げた藤沢の隠れ家へ行く。

と、隼人はみた。それで、ここは猪十の跡を尾けて行き先をつきとめようとしたのだ。

猪十は、隼人の前を通り過ぎた。野犬を思わせるような敏捷な動きである。

隼人は闇のなかで凝《じっ》としたまま猪十を見逃した。後を追ってきたのは、天野と繁吉である。

天野と繁吉が来るのを待ってから、隼人は軒下から通りに出た。

「天野、ここはおれと繁吉とでやつを尾ける。天野は、豆菊を頼む」

隼人がふたりに言った。

「承知した」

天野が答え、繁吉がうなずいた。

隼人と繁吉は、表店の軒下に身を隠すようにして走った。猪十の姿は一町ほど先にあった。猪十の姿はかなり離れていたが、月光のなかに、その黒い人影がぼんやりと識別できた。

隼人と繁吉は、自分たちの姿が月光に浮かび上がらないように表店の軒下闇や樹陰などをたどりながら尾けた。

猪十は足早に歩いていた。ときおり、背後を振り返っていたが、そのうち振り返らなくなった。追ってくる者はいないと思ったようだ。

猪十は通りを柳原通りの方へむかっていく。

やがて、猪十は柳原通りに出て、両国橋の方へ足をむけた。日中は賑やかな柳原通りも、いまは静寂につつまれていた。ときおり、柳橋あたりで飲んだと思われる酔客や茣蓙《ござ》をかかえた夜鷹らしい女などが通りかかるだけである。

猪十は両国橋を渡り、東の橋詰を右手におれて竪川沿いに出た。

……竹町ではない。

猪十の隠れ家は本所竹町にあるはずだった。竹町に行くなら、両国橋をわたって左手におれなければならない。

猪十は竪川にかかる一ツ目橋を渡り、大川沿いの道を川下にむかって歩いた。そこは、深川である。

猪十は御舟蔵の脇を通り、小名木川《おなぎがわ》にかかる万年橋を渡り、さらに川下へむかって歩いていく。

前方に、永代橋が迫ってきた。星空のなかに、黒い橋梁が浮かび上がったように見えている。大川の川面は月光を映じて青白くひかり、無数の波の起伏を刻みながら闇にとざされた江戸湊の黒い海原へとつづいている。

人声や物音は聞こえず、大川の流れの音だけが耳を聾するほどに聞こえていた。

猪十は永代橋のたもとを過ぎて相川町に入り、しばらく歩いてから左手にまがった。そこは、富ケ岡八幡宮の門前につづく表通りである。

「旦那、どこへ行くつもりですかね」

繁吉が小声で訊いた。

「中島町の隠れ家かもしれんぞ」

藤沢の隠れ家が中島町にあると聞き、隼人は八吉とともに探しにきたばかりだった。

猪十は、掘割にかかる福島橋を渡った。そして、橋のたもとを右手におれた。

……やはり、藤沢の隠れ家だ！

と、隼人は確信した。掘割沿いにつづく町が、中島町である。

隼人と繁吉は、掘割沿いの表店の軒下や樹陰などに身を隠しながら猪十の跡を尾けた。

猪十は堀沿いの道を数町歩いたところで足をとめた。そして、尾行者はいないか確かめるように背後を振り返ってから、左手におれた。そこに、路地があるらしい。

表店の軒下に身を隠していた隼人たちは、通りに出て走った。猪十の姿が見えなくなったからだ。

路地の角まで来て目をやると、猪十の後ろ姿が見えた。そこは狭い路地だが、月光が射していて、ぼんやりと猪十の姿を照らしていた。

隼人たちは足音を忍ばせ、身を隠しながら猪十の跡を尾けた。

ふいに、猪十が右手に足をむけた。そこに板塀をめぐらせた仕舞屋があった。猪十は仕舞屋の戸口に立ち、また路地の左右に目をやってから引き戸をあけた。

「旦那、家に入《へえ》りやしたぜ」

繁吉が声をひそめて言った。

「近付いてみよう」

隼人たちは足音を忍ばせて仕舞屋の板塀に近付き、身を寄せた。板塀の隙間から覗くと、かすかに明りが洩れている。

家のなかから、くぐもった声が聞こえてきた。男が話しているらしい。声に昂ったひびきがある。話の内容までは聞き取れなかったが、三人いるらしいことが分かった。ひとりは武家言葉だった。声が藤沢に似ている。藤沢とみていいようだ。

……猪十、藤沢、それに冬造であろう。

と、隼人はみた。

隼人と繁吉は、板塀の陰でいっとき聞き耳を立てていたが、話し声がやんだこともあって、その場を離れた。三人は別の部屋で横になったのかもしれない。

「明日にも、ここを襲う」

隼人が、虚空を睨むように見すえて言った。

第六章　奇襲

1

晴天だったが、風があった。白い千切《ちぎ》れ雲が空を流れていく。

陽は西の空にまわっていた。八ツ半（午後三時）ごろであろうか。ときおり、流れ雲で陽射しが遮《さえぎ》られるが、雨の心配はなさそうだった。

隼人は南茅場町にある大番屋の前にいた。隼人のそばに、天野、与之助、八吉、綾次、亀吉など十数人が集まっていた。ほとんどが、花川戸町の賭場に捕方として出向いた男たちである。

隼人と繁吉が、中島町で藤沢、猪十、それに冬造と思われる男が身を隠している仕舞屋をつきとめた翌日だった。

今朝方、隼人は天野の住む組屋敷を訪ね、今日の夕刻にも中島町の隠れ家に身をひそめている三人を捕らえたい旨を伝え、捕方を指図してもらいたいと言い添えた。

「ありがたい話です。黒鴨一味を捕らえるのは、わたしの任務ですから」

天野が興奮した面持ちで言った。無理もない。いよいよ江戸中を騒がせた黒鴨一味の首謀者たちを捕らえることになったのである。

隼人は天野家を出た足で紺屋町の豆菊にも行き、八吉たちに藤沢たちの居所が知れたことを伝えると同時に、今夕にも隠れ家に踏み込むので捕方にくわわるように話した。さらに、利助には、

「利助は今朝から動いてくれ。綾次と繁吉との三人で中島町の隠れ家を見張り、何かあったらおれに知らせてほしいのだ」

と、指示した。見張りは利助と繁吉だけでよかったが、綾次は連絡役である。

その綾次が、昼を過ぎて間もなく八丁堀の組屋敷に姿を見せて、隠れ家に冬造もいることを知らせた。

綾次によると、利助が板塀の陰に身を寄せて家のなかの様子を窺《うかが》うと、猪十らしい男の声で、頭、と呼んでいるのが聞こえたという。

「まちがいない。冬造だ」

隼人は確信した。猪十が頭と呼ぶ男は、黒鴨一味の頭目である冬造しかいないはずである。

隼人は、中島町の隠れ家を奇襲すれば、藤沢と猪十、それに頭目の冬造をいっきに捕らえることができると踏んだ。

隼人は大番屋の前に集まった男たちに目をやり、

「さて、出かけるか」

と、声をかけた。暮れ六ツ（午後六時）までに、中島町まで行きたかったのだ。

「わたしが、先に出ましょう」

そう言って、天野が近くにいる与之助と数人の手先に声をかけた。

天野は八丁堀ふうの格好をしていたが、隼人は羽織袴姿で二刀を帯びていた。御家人ふうの格好である。隼人は捕物の指図は天野にまかせることにしていた。定廻り同心が巡視の途中で黒鴨一味の隠れ家を見つけ、陽が暮れるのを待って取り押さえたことにしたかったのである。

集まった手先たちも、ふだん探索にあたっている格好をしていた。持っている物は十手と捕り縄だけである。ただ、八吉だけは懐に鉤縄を忍ばせていた。相手が刃物をふるって抵抗した場合、鉤縄は武器になるだろう。

隼人は藤沢と立ち合うつもりだった。何としても、自分の手で藤沢を討ち取りたかった。それに、捕方が藤沢を捕らえようとすれば、大勢の犠牲者が出るはずである。

天野たちは、日本橋川沿いの道を川下にむかって歩いた。その天野たちから半町ほど離れて五人の手先が歩き、さらに半町ほど距離をとって隼人や八吉たちが川下にむかった。ばらばらに移動したのは、通行人に不審を抱かせないためである。

隼人や天野たちは亀島川にかかる霊岸橋を渡り、霊岸島を経て永代橋を渡る道筋をとったのである。

隼人たちは永代橋を渡って佐賀町に出ると、大川の川下に向かって歩き、富ケ岡八幡宮の門前通りにつづく表通りに足をむけた。そして、掘割にかかる福島橋を渡ったところで右手におれた。そこは、堀沿いにつづく道である。

先行した天野たちは、橋のたもとを過ぎたところで足をとめ、後続の手先や隼人たちが着くのを待った。この辺りで、顔をそろえる手筈《てはず》になっていたのだ。

「どうします」

天野が隼人に訊いた。

「踏み込むには、まだ早い。様子を確かめてみよう」

隼人は、暮れ六ツを過ぎて路地沿いの店が戸締まりをし、路地から人影が途絶えてから隠れ家に踏み込みたかったのだ。

「綾次、利助か繁吉を呼んできてくれ」

隼人は、武士ふうの隼人や天野は隠れ家に近付かない方がいいと思っていた。それで見張りをしている利助か繁吉に様子を訊いてみようと思ったのだ。

「へい」

すぐに、綾次がその場を離れた。

隼人たちが堀沿いの道でしばらく待つと、綾次が利助を連れてもどってきた。

「利助、どうだ、様子は」

隼人がすぐに訊いた。

「三人は家のなかにいやすぜ」

利助によると、昼ごろ三人はいったん家から出たが、近くのそば屋に行っただけで一刻（二時間）でもどってきたという。

「いるのは、藤沢、猪十、それに、頭目の冬造だな」

隼人が念を押すように訊いた。

「へい、黒鴨一味の残る三人でさァ」

昨日、豆菊に押し入った四人のうち、民造と利根七を捕らえていた。小太りの男が民造だった。八吉の鉤を胸に受けたが命に別条はなかった。利助の言うとおり、黒鴨一味の残る三人は、藤沢、猪十、それに頭目の冬造ということになる。三人とも一味の中核と言えた。ただひとりの武士の藤沢、五年ほど前の黒鴨一味の生き残りで兄貴格の猪十、それに頭目の冬造である。

「繁吉は？」

「隠れ家を見張っていやす」

「よし、見張りをつづけてくれ。陽が沈んだら踏み込む」

隼人がまわりに集まっている天野たちにも聞こえる声で言った。

利助がその場を離れてから小半刻（三十分）ほどすると、暮れ六ツの鐘がなり、遠近《おちこち》から表戸をしめる音が聞こえてきた。隠れ家に踏み込む頃合である。

「行くぞ」

隼人が手先たちに声をかけた。

今度は隼人が先に立ち、天野たちがつづいた。隠れ家のある路地に入ると、念のために一隊はすこしばらけた。通りすがりの者が、驚いて騒ぎたてないように気を使ったのである。

路地には、ほとんど人影がなかった。小体な店や仕舞屋などが路地沿いに点在していたが、空き地や笹藪なども目に付いた。寂しい路地である。

半町ほど前方に板塀をめぐらせた仕舞屋が見えるところまで来たとき、笹藪の陰から利助が路地に出てきた。隼人たちの姿を目にしたらしい。

「変わりないな」

隼人が利助に訊いた。

「へい、三人とも家のなかにいるはずでさァ」

利助によると、繁吉は隠れ家のすぐ脇の笹藪の陰で隠れ家を見張っているという。

「よし、ここで支度をしよう」

隼人が、手先たちに笹藪の陰で捕物の支度をするよう指示した。

支度といっても、手先たちは襷《たすき》で両袖を絞り、着物を裾高に尻っ端折りしなおすだけである。隼人は、羽織を脱ぎ、袴の股《もも》だちを取った。天野は羽織を脱ぐと、着流しの小袖の裾をとって尻っ端折りして動きやすい格好になった。八丁堀同心らしからぬ姿だが、やむをえない。

「天野、ここから先は捕方たちを指図してくれ」

隼人が言った。

「分かりました」

すぐに、天野は捕方たちを集め、八吉と亀吉、それに捕方三人に裏手にまわるよう指示した。裏口があっても、板塀でかこわれていたので表にまわらなければ逃げられないが、念のために裏口もかためたのである。

「ひとりも逃がすなよ」

天野が捕方たちに声をかけると、捕方たちの顔に緊張がはしった。いよいよ、黒鴨一味の頭目と主立ったふたりを捕らえるのである。

2

黄昏時《たそがれどき》だった。路地は淡い夕闇に染まり、仕舞屋は薄闇のなかに沈んだようにひっそりとしていた。まだ、西の空には残照があり、明りは必要なかったが、家の障子にはかすかに灯の色があった。部屋のなかは暗いので行灯《あんどん》を点《とも》しているようだ。

隼人たちは足音を忍ばせて、家の正面にまわった。正面には、丸太を二本立てただけの粗末な門があり、そこを通って家の戸口に行けるようになっていた。

隼人は家のまわりに目をやった。藤沢との闘いの場所を探したのである。隼人は狭い家のなかで、藤沢と立ち合いたくなかった。家のなかで闘った場合、捕方たちが家に踏み込み、冬造たちとやり合う混乱のなかで、障子越しに刀を突き刺したり、逃げる相手を背後から斬りつけたりすることになる。剣の勝負というより、ただの殺し合いである。そうなると、捕方からも犠牲者が出るはずだ。

……家の脇に空き地がある。

そこは庭だったのかもしれないが、いまは雑草におおわれていた。庭木の松や梅が板塀の近くで枝葉を茂らせていたが、藤沢と闘うだけのひろさはあった。足場はよくないが、家のなかよりましだろう。

隼人は、藤沢を空き地に引き出して闘おうと思った。

戸口のそばまで行くと、家のなかからくぐもったような男の声が聞こえた。小声で話しているらしく、だれが何を話しているのかまったく聞き取れなかった。

そのとき、隼人の脇にいた天野が、八吉たち五人に、行け、と手で合図した。

すぐに、八吉たち五人は戸口から離れ、忍び足で板塀と家の間を通って裏手にむかった。裏手からの逃走を防ぐのである。

八吉たちが裏手にまわったのを見計らってから、

「引き戸をあけろ」

と、天野が脇にいた与之助に指示した。

すぐに、与之助が引き戸に近寄り、戸を引いた。

戸はゴトゴトと重い音をたててあいた。心張り棒もさるもかってなかったようだ。

だが、戸をあける音が、家のなかにいる藤沢たちに聞こえたらしく、話し声がやんだ。

人の動く気配もないし、物音もしなかった。藤沢たちは、戸口の気配を窺っているのだろう。

隼人と天野が戸口から土間に入った。つづいて、利助や繁吉たち十人ほどの捕方も土間に踏み込んだ。捕方たちは、いずれもこわばった顔をし、十手を握りしめていた。

土間の薄闇のなかで、目だけが異様にひかっている。

土間の先に狭い板敷きの間があり、その先に障子がたててあった。そこは座敷になっているらしいが、人のいる気配はなかった。藤沢たちがいるのは、さらに奥の座敷であろう。

右手に、狭い廊下があった。奥の座敷につづいているようだ。

「藤沢、姿を見せろ！」

隼人が声を上げた。捕方が家のなかに踏み込む前に、藤沢だけ空き地に引き出そうとしたのだ。

障子の奥で、人の立ち上がる気配がした。つづいて、奥で障子をあける音がし、畳を踏む音がした。

ガラリ、と正面の障子があいた。

姿を見せたのは藤沢である。藤沢は大刀を手にしていた。表情は変わらなかったが、蛇のような細い目で隼人を射るように見すえている。

藤沢の背後に、ふたりの男の姿が見えた。猪十と冬造である。冬造は目をつり上げて、かすかに身を顫わせていた。憤怒《ふんぬ》と気の昂りのせいらしい。

「大勢だな」

藤沢が土間の捕方たちに目をやって言った。

「藤沢、表へ出ろ」

隼人が言った。

「おれと立ち合うつもりか」

「いかにも、いやなら家のなかで闘うことになるな」

「捕方はどうする」

「立ち合いの間は、手を出させぬ」

そのことは、捕方たちにも話してあった。もっとも、隼人と立ち合っている間は、捕方たちも手が出せないはずだ。

「よかろう。表に出よう」

藤沢は、おもむろに手にした大刀を腰に差した。そして、左手で刀の鯉口を切り、右手を柄に添えて、隼人を見すえたまま板敷きの間に出てきた。隙がない。いつでも抜刀できる体勢をとっている。

「ふ、藤沢の旦那、あっしらは、どうなるんで……」

猪十が顔をゆがめ、声を震わせて訊いた。

「こうなったら、それぞれ逃げるしかないな」

藤沢はそっけなく言って、土間に足をむけた。

そのとき、土間にいた捕方のひとりが藤沢を捕らえようとして、十手を前に突き出すようにして二、三歩踏み込んだ。

「手を出すな！」

隼人が鋭い声で制した。

「この男は居合を遣う。近付けば、首を斬られるぞ」

「…………！」

捕方が顔をこわばらせて、慌てて後ろに下がった。他の捕方たちも、土間の両側に身を寄せて藤沢から離れた。

隼人が先に戸口に立った。隼人は藤沢に体をむけたまますばやい足捌きで外へ出ると、戸口から大きく間を取って藤沢が出てくるのを待った。

藤沢は抜刀体勢をとったまま戸口から出ると、ゆっくりとした足取りで、家の脇の空き地に移動した。

隼人が藤沢との間合を保ったまま空き地に足をむけたとき、利助と繁吉が顔をこわばらせて戸口から飛び出してきた。ふたりは、隼人の闘いの様子を見て加勢しようと思ったのかもしれない。

隼人は利助たちに何も言わなかった。利助たちが、藤沢から大きく間を取っていたからである。

空き地で、隼人は藤沢と相対した。ふたりの立ち合いの間合は、およそ四間ほどあった。まだ、隼人も抜いていなかった。対峙したふたりの姿が、淡い夕闇のなかで黒ずんだ塑像のように見えた。

3

土間にいた天野が、

「ふたりを捕れ！」

と、声を上げげた。その声で、捕方たちがいっせいに板敷きの間に踏み込み、正面の障子をあけはなった。

御用！

御用！

と、捕方たちが声を上げ、座敷にいた冬造と猪十に十手をむけた。

「冬造、猪十、神妙に縛《ばく》につけい！」

天野が朱房の十手をむけた。

「ちくしょう！　縄など受けるか」

猪十が顔を憤怒にゆがめ、懐から匕首を取り出した。

冬造は後じさりした後、足を擦るようにして右手の方へすこしずつ移動した。廊下へ出て、裏手に逃げようとしているらしい。

「冬造、裏へ逃げても無駄だぞ。裏手もかためてある」

天野が声を上げると、冬造がビクッと身を硬くし、足をとめた。顎のとがった顔がゆがみ、怒りで赭黒《あかぐろ》く染まった。

「こうなったら皆殺しにしてやる！」

言いざま、冬造が懐に手をつっ込んで匕首を取り出した。

冬造は右手の障子近くに立ち、猪十は座敷の隅の長火鉢を背にしていた。ふたりとも、すこし前屈みの格好で匕首を構えている。

捕方たちは、御用！　御用！　と声を上げ、十手を前に突き出すように構えて、すこしずつ猪十と冬造に迫っていく。だが、顔がこわばり、腰がひけている者が多かった。十手で刃物を持った相手に打ちかかるのは怖いのである。

こうした捕物の場合、捕物三つ道具と呼ばれる長柄の袖搦《そでがらみ》、刺股《さすまた》、突棒《つくぼう》などを遣うのだが、捕方たちは用意してなかった。隼人と天野が、巡視の途中で捕らえたことにするためもあって、捕方たちに捕物道具はいらないと話しておいたからだ。

一方、冬造と猪十も動けなかった。動いて匕首で斬りかかれば、両脇から捕方が十手をふるってくると分かっていたからである。

これを見た天野は、十手を懐にしまって刀を抜いた。天野の刀は刃引で、斬ることはできないが強い打撃を生む。

「おれがやる」

天野が猪十の前に出た。

そのとき、廊下を走る複数の足音がし、荒々しく障子があいた。姿を見せたのは、八吉たち五人である。捕物が始まったことを知って、裏手から駆け付けたのだ。

八吉は座敷の様子を目にすると、すぐに懐から鉤縄を取り出した。こうしたときに、鉤縄は長柄の捕具以上の威力を発揮する。

「おれに、まかせろ」

八吉は鉤縄をちいさくまわし始めた。

冬造が、驚いたような顔をして八吉を見た。鉤縄は知っているかもしれないが、遣う者を見たことはないのだろう。

冬造が戸惑うような顔をして、八吉に体をむけたときだった。

シュル、と縄の伸びる音がし、熊手のような鉤が冬造の顔面にむかって飛んだ。一瞬の早業《はやわざ》である。

瞬間、冬造は匕首を手にした右腕を上げて、袖で顔をおおった。その冬造の右袖に、熊手のような鉤ががっちりと食い込んだ。次の瞬間、八吉がグイと縄を引くと、冬造の腕が伸びて手にした匕首が足元に落ちた。

これを見た冬造の脇にいた捕方のふたりが、飛び付くような勢いで踏み込み、ひとりが手にした十手で冬造の首筋を強打した。

ギャッ！　と叫び声を上げて、冬造が身をのけ反らせると、もうひとりの捕方が冬造の帯をつかみ、足をひっかけて後ろに押し倒した。

すかさず、亀吉が踏み込み、倒れた冬造の肩口を押さえつけ、

「こいつを縛り上げろ！」

と、声を上げた。

冬造が叫び声を上げたとき、猪十が冬造に目をやった。この一瞬の隙を、天野がとらえ、踏み込みざま猪十の右腕を狙って刀を振り下ろした。天野は剣の遣い手ではなかったが、太刀捌きはなかなかのものだった。

腕を強打するにぶい音がし、猪十の右腕が奇妙にまがった。骨が折れたらしい。猪十は匕首を取り落とし、絶叫を上げて後ろへよろめいた。

猪十は背後にあった長火鉢に足をとられ、後ろへ倒れそうになった。咄嗟に、伸ばした左手を長火鉢の灰のなかに突っ込み、灰神楽がモウモウと立ち上った。長火鉢に火はなかったらしい。

猪十は灰神楽を浴びて真っ白になった頭髪を振り乱し、ヒイヒイと細い悲鳴を上げながら畳を這って逃れようとした。元結《もとゆい》が切れてざんばら髪になっていた。その髪と顔が灰だらけである。なんとも、ひどい姿だった。

「縄をかけろ！」

天野が声を上げた。

すかさず、ふたりの捕方が這って逃れようとする猪十を押さえ込み、もうひとりの捕方が猪十の両腕を後ろ手に取って縛り上げた。猪十は腹這いになったまま呻き声を上げている。

冬造と猪十に縄がかけられたのを確認した天野は、

「ふたりを表に連れてこい」

と言い置き、急いで戸口から飛び出した。隼人と藤沢の闘いがどうなったか、気になっていたのだ。

外は濃い夕闇につつまれていた。家の脇の空き地に目をやると、隼人と藤沢が対峙していた。黒い塑像のようである。

ふたりの間合はおよそ三間半。隼人は八相に構え、藤沢は右手を刀の柄に添え、居合腰に沈めて抜刀体勢をとっている。

八相に構えた隼人の刀身が、夕闇のなかでにぶい銀色《しろがねいろ》にひかっている。

ふたりは動かなかったが、すでに一合《いちごう》したらしく、藤沢の着物の左の肩口が裂けていた。ただ、浅手らしく、かすかに血の色があるだけである。

天野は隼人のそばに走った。

隼人は天野が走り寄る足音を耳にすると、藤沢を見すえたまま、

「天野、寄るな！」

と、声をかけた。

隼人の顔はひき締まり、双眸が夕闇のなかで青白く底びかりしていた。剣の遣い手らしい凄みのある顔である。

一方、藤沢の顔は、かすかにゆがんでいた。動揺とも焦りともとれるような表情である。隼人の切っ先を浴びたことで平静さを失っているようだ。

……勝てる！

と、隼人は感じた。

刀に手をかけた藤沢の右肩が、かすかに震えているのを目にしたのだ。胸の内の動揺が、焦りを生み、腕に余分の力が入っている。力みである。

力みは体を硬くし、一瞬の反応をにぶくする。とくに、居合に過度の緊張や力みは禁物だった。抜刀の際の一瞬の体の動きを遅くする。

わずかだが、藤沢の抜きつけの一刀は遅れる、と隼人はみた。

「行くぞ」

隼人が先にしかけた。

八相に構えたまま左の爪先《つまさき》で雑草を分け、すこしずつ間合をせばめ始めた。ズッ、ズッ、と雑草を分ける音が、隼人の足元で聞こえた。

対する藤沢は動かなかった。気を鎮めて隼人との間合を読み、居合の抜きつけの一瞬を狙っている。

隼人は全身に気勢を込め、気魄《きはく》で攻めながら間合をつめていく。ふたりの間合が狭まるにつれて緊張が高まり、斬撃の気配が満ちてきた。

あと、一歩で斬撃の間境に踏み込むところまで間合がつまったとき、藤沢の右の肩先がかすかに揺れた。隼人の気魄に押され、気が乱れたのである。

この一瞬の乱れを隼人がとらえた。

ヤアッ！　と、鋭い気合を発し、隼人は斬撃の間境に踏み込んだ。

瞬間、藤沢の肩先が、ビクッと動いた。次の瞬間、藤沢の全身に抜刀の気がはしった。

だが、隼人の動きの方が迅かった。

タアッ！

気合を発しざま、斬り込んだ。

八相から袈裟へ。

間髪をいれず、藤沢が抜刀した。シャッ、という刀身の鞘走る音とともに夕闇に閃光がはしった。

隼人の斬撃と藤沢の抜き付けの一刀が、二筋の閃光となって夕闇を切り裂いた。次の瞬間、パサッ、と藤沢の着物が肩口から胸にかけて裂けた。隼人の切っ先がとらえたのである。

一合した直後、バッ、と隼人が後ろに大きく跳んだ。だが、藤沢はわずかに身を引いただけだった。

隼人はすぐに八相に構えた。着物の肩先が、わずかに裂けている。藤沢の切っ先が、着物だけ切り裂いたようだ。

藤沢は納刀しなかった。青眼に構え、隼人に切っ先をむけている。その切っ先が、震えていた。構えた刀身が揺れているのだ。

藤沢の肩から胸にかけて血が流れ出ていた。体もわずかに揺れている。見る間に着物が赤く染まっていく。深手らしい。

藤沢が顔をゆがめた。憤怒とも恐怖ともとれる顔付きである。

「藤沢、勝負あったな」

隼人が言った。

「まだだ……」

藤沢が目をつり上げて言ったが、声には強いひびきがなかった。

「刀を下ろせ」

隼人がそう言ったときだった。

ヤアアッ！

藤沢がふり絞るような気合を発し、いきなり斬り込んできた。

刀を振り上げざま真《ま》っ向《こう》へ。捨て身の斬撃だった。だが、斬撃に迅さも鋭さもなかった。動きも緩慢である。

隼人は一歩脇へ踏み込みざま、刀身を撥《は》ね上げるように逆袈裟に斬り上げた。

ピッ、と血が飛んだ次の瞬間、藤沢の首筋から血が驟雨《しゅうう》のように飛び散った。隼人の一颯《いっさつ》が、藤沢の首筋をとらえたのである。

藤沢は血を撒き散らしながら前に泳いだが、爪先を雑草にとられ、つんのめるように転倒した。

叢《くさむら》につっ伏した藤沢は、もそもそと四肢《しし》を動かしていたが、悲鳴も呻き声も上げなかった。首筋から噴出した血が叢を打ち、カサカサと虫でも這っているような音をたてていた。

いっときすると、藤沢は動かなくなった。辺りは静寂につつまれ、血の滴る音だけが聞こえていた。

隼人は懐紙で、兼定の血を拭《ぬぐ》って納刀した。体のなかの血の滾《たぎ》りが潮の引くように鎮まり、高揚した気持ちが平静にもどってくる。

天野が歩み寄り、つづいて利助と繁吉も走り寄った。

「長月さん、やりましたね」

天野が興奮した面持ちで言った。

利助と繁吉は驚嘆の表情を浮かべ、叢に横たわっている藤沢に目をむけていた。

「勝負は紙一重だったが、何とか斃せたよ」

隼人の胸の内には、強敵を討ち取った達成感と安堵《あんど》感があった。

「冬造と猪十は、捕らえました」

天野が言った。

このとき、戸口で足音がし、いくつもの人影が外へ出てきた。八吉と捕方たちである。

「これで、黒鴨一味の始末がついたな」

隼人が、八吉たちに目をやって言った。

人影のなかに、縄をかけられた冬造と猪十の姿もあった。

4

「八吉、一杯飲んでくれ」

隼人が銚子を手にして言った。

「旦那についでもらって、飲む酒は格別でさァ」

八吉が目を細めて猪口を手にした。

豆菊の奥の座敷である。隼人、八吉、利助、繁吉、それに若い浅次郎と綾次の姿もあった。

隼人たちが、深川中島町に出向いて藤沢を斬り、冬造と猪十を捕らえて十日ほど過ぎていた。この日、黒鴨一味にかかわる事件の片が付いたので、隼人は慰労のつもりで八吉たちに酒を馳走《ちそう》していたのだ。

八吉が猪口の酒を旨《うま》そうに飲み干した後、

「日那、それで、冬造や猪十は吐きましたかい」

と、声をあらためて訊いた。

「やっと吐いたよ」

隼人は、吟味方与力とともに捕らえた冬造と猪十の吟味にあたった。ところが、ふたりはしたたかで、何を訊いても、知りません、と答えるか、押し黙っているかのどちらかだった。

ところが、先に捕らえた伊勢次や民造が口を割り、しかも冬造が黒鴨一味の頭目で、猪十が兄貴格であることをしゃべったと知ると、ふたりとも観念したらしく、すこしずつ話すようになった。

冬造によると、五年ほど前、黒鴨一味七人は三軒の大店に押し入り、数千両の金を手にしたという。奪った金は七人で山分けしたが、冬造と猪十を除いた五人は町方に捕らえられて処刑された。何とか、町方の手を逃れた冬造と猪十は、分け前の金を懐にして一年ほど江戸を離れ、旅人に姿を変えて街道筋を流れ歩いていた。そして、ほとぼりが冷めたころ、ふたりは江戸に舞い戻った。

冬造は、身を隠すために料理屋の隠居の滝右衛門と名乗り、左前になった黒江町の料理屋、玉乃屋を居抜きで買取って旦那におさまった。そして、江戸にもどってから馴染みになった料理屋の座敷女中だったおもんを情婦にし、玉乃屋の女将をやらせた。

ところが、料理屋の商売はうまくいかなかった。あるじの冬造が料理屋の経営に口出しできなかったし、おもんも座敷女中の経験はあったが、店の切り盛りまではできなかった。そうしたことで、無駄な出費が増え、客足はしだいに遠のき、儲《もう》かる日もあったが月単位で見ると損をすることが多かったという。

冬造の持ち金はしだいにすくなくなり、玉乃屋を手放すか、また押し込み強盗でもやるしかなくなった。

一方、江戸にもどった猪十は、小体な借家に身を隠してひっそりと暮らしていた。猪十は分け前の金でまとまったものは買わなかったし、博奕にも手を出さなかった。ただ、猪十には金のかかる道楽があった。女である。

猪十は、当初富ケ岡八幡宮や浅草寺界隈のあまり金のかからない女郎屋に出かけていたが、大枚を手にしていたこともあって、そのうち吉原《よしわら》にも出かけ、ときには羽目をはずして金を使うこともあった。そのため、冬造と同じように山分けした金が底をついてしまったのだ。

冬造と猪十は、ふたたび黒鴨一味として大店に押し入ることを考えるようになった。そして、腕の立つ牢人を仲間にくわえることを思い付き、目をつけたのが、富ケ岡八幡宮界隈の遊び人や地まわりなどの間で、人斬り甚左と呼ばれて恐れられていた藤沢である。

冬造は言葉巧みに藤沢に近付き、玉乃屋で馳走したり、遊ぶ金を渡したりして仲間に引き入れた。さらに、藤沢が賭場で目をつけた伊勢次や宗八などを仲間にくわえたのだ。

「その後、冬造たちは中島町に借家を借りて、そこを一味の密談場所と隠れ家にしたらしい。玉乃屋に仲間を集めるわけにはいかなかったからな」

そう言って、隼人は八吉がついでくれた猪口の酒をゆっくりとかたむけた。

八吉は隼人が酒を飲み干したのを見てから、

「あっしには、ひとつ腑《ふ》に落ちねえことがあるんですがね」

と、言い出した。

利助や繁吉たちは、八吉と隼人のやり取りを黙って聞いている。

「なんだ」

「冬造と猪十は、どうして五年前の黒鴨一味と同じ格好をして押し込んだんですかね。……当然、生き残った冬造と猪十が疑われることになりやすが」

「冬造と猪十の話だと、どのみち黒鴨一味として追われている身なので、分かってもかまわないと思ったそうだ。……ただ、五年前のことから手繰られる心配があった。そこで、当時、黒鴨一味を探り、仲間の五人を捕らえた町方の手先を始末しようと考えたらしい。それに、黒鴨一味を探った町方の手先を殺せば、これから探ろうとする手先たちが怖がって探索の手を引くとみたようだ」

「そういうわけですかい」

八吉が納得したようにうなずいた。

そのとき、黙って話を聞いていた利助が、

「冬造たちは、どんなお裁きを受けやすかね」

と、小声で訊いた。酒気で、顔が赤くなっている。

「これだけの大罪を犯したのだ。……極刑はまぬがれまいな」

市中引き回しの上、獄門晒首であろう、と隼人はみていた。

「玉乃屋はどうなりやすかね」

さらに、利助が訊いた。

「どうなるかな」

隼人は玉乃屋のことまで知らなかった。

すると、繁吉が身を乗り出すようにして言った。

「玉乃屋は店をしめたそうですぜ。船宿の客に聞いたんですがね、冬造たちが捕らえられてから五日ほどして店はしめられ、女将も奉公人も姿を消したそうでさァ」

「あるじが黒鴨一味の頭目と分かれば、料理屋をひらいているわけにはいかないだろうからな」

隼人は、当然の結果だろうと思った。

次に口をひらく者がなく、座敷が沈黙につつまれたとき、

「や、やつら、盗んだ金はどうしたんですかね」

綾次が、声をつまらせて訊いた。

「見つかったよ」

隼人が言った。

「どこにあったんです？」

「中島町の隠れ家の床下にな。瓶《かめ》に入れて、埋めてあったよ」

冬造たちを捕らえた二日後、天野が数人の手先を連れてあらためて隠れ家に出向き、家捜しして発見したという。

「ただな、千三百両ほどしか残っていなかったようだ。……冬造たちに、あらためて金のことを訊いてみると、黒沢屋と戸田屋に押し込んで奪った金は二千七百両ほどだが、そのうちひとり頭二百両、都合千四百両は仲間で山分けしたそうだ」

「瓶の金も、後で山分けするつもりだったんですかね」

「それが、冬造たちの話では、もう一軒、大店に押し入り、大金を手にしてから瓶の金もいっしょに山分けし、ほとぼりが冷めるまで江戸を離れることになっていたそう

だ」

「五年前と同じ手を使うつもりだったのか」

八吉がつぶやくような声で言った。

「そういうことだな」

隼人は猪口を手にし、ゆっくりとかたむけた。

猪口の酒を飲み干すと、八吉が銚子をとってついでくれた。

「今度の件は、八吉にずいぶん世話になった。八吉がいなければ、黒鴨一味は捕らえられなかったかもしれん」

隼人が言うと、すかさず利助が、

「鉤縄の親分の腕は、衰えちゃァいませんや」

と、声を上げた。

すると、若い綾次と浅次郎が銚子をとって八吉に差しむけた。ふたりの目にも敬愛の色があった。

「それほどでもねえよ」

八吉が目を細めて猪口をとった。好々爺のような顔が赤らみ、満足そうな笑みが浮いている。

本書は、ハルキ文庫（時代小説文庫）の書き下ろしです。

時代小説文庫
と 4-23

夜《よ》駆《が》け 八丁堀《はっちょうぼり》剣客《けんかく》同心《どうしん》

著者　鳥《と》羽《ば》　亮《りょう》

2012年6月18日第一刷発行

発行者　角川春樹

発行所　株式会社 角川春樹事務所
〒102-0074 東京都千代田区九段南2-1-30 イタリア文化会館

電話　03(3263)5247[編集]　03(3263)5881[営業]

印刷・製本　中央精版印刷株式会社

フォーマット・デザイン＆シンボルマーク　芦澤泰偉

ISBN978-4-7584-3666-3 C0193
http://www.kadokawaharuki.co.jp/[営業]
fanmail@kadokawaharuki.co.jp[編集] ご意見・ご感想をお寄せください。